고려인 강제이주 및 중앙아시아 도착 후 분산 경로

1937년 9월 10일
우스리스크 라즈돌리노예역에서
고려인 강제이주 열차 1호가 출발했다..

6,400km를 달려 도착한 곳은
풀 한 포기 나지 않는 황무지였다.

시아

바이칼호   하바롭스크 ←

치타   블라고셴스크

르쿠츠크

베르흐네우딘스크   블라디보스톡
(울란우데)

몽골   한국

중국

열차는 어둠을 밀고 북쪽으로 질주한다.
황무한 땅으로 간다.
꿈에라도 가보지 않은 두려운 땅

살아남은 사람들,
시베리아 횡단열차

달아실어게인 시인선

05

살아남은 사람들,
시베리아 횡단열차

김윤배 대하 서사시

달아실

시인의 말

연해주는 헐벗은 유민들에게 희망의 땅이었다.
조국이 그들을 거두지 않았으므로 연해주는 마지막 선택이었다.
남의 나라 땅에서 아이를 낳고 농사를 짓고 마을을 이루어 살았다.
살면서 더러는 러시아로 귀화하고 더러는 조국 독립을 위해
목숨을 바치고 더러는 풍요로운 정착을 했다.
고국은 늘 풍전등화였고 러시아는 볼셰비키혁명 중이었다.
크렘린의 음모에 의해 연해주 한인 20만여 명은
중앙아시아로 강제이주되었다.
한인들에게 강제이주는 혹독한 시련이었다.
80년 넘게 흘렀지만 한인 유민들의 서러운 여정은
아직도 끝나지 않았다.
그들을 싣고 갔던 시베리아 횡단열차는 오늘도
시베리아를 질주한다.
그러나 그들의 분노와 죽음을 묻었던 시베리아는 침묵한다.

2024년 7월 詩境齋에서
김윤배

| 차례 |

살아남은 사람들,
시베리아 횡단열차

1. 아무르만의 안개

안개는 붉은 눈빛 숨기지 않는다

아무르만은 거대한 너울로 거친 숨 몰아쉬며
안개의 붉은 품으로 빨려든다
조용하고 무거운 굴종의 시간이
아무르만 가득 찬다

안개는 부드럽게, 그러나
단호하게 아무르만을 점령한다
붉은 안개의 상륙을 저지할
시베리아의 강풍은 등을 보인 지 오래다
안개의 붉은 혀는 거침이 없다
티진헤 삼키고 블라디보스토크 삼키고
우수리스크 삼키고 하바롭스크 삼키고
캄차카를 삼킨다

안개의 붉은 혀는, 마침내
겨울 철새들 하늘길 삼키고
순록 떼 지나간 눈길 삼킨다

시베리아의 길들 붉게 물들어 조용해지고
붉은 안개는 북극까지 붉은 혀를 뻗는다

안개의 붉은 혀는
대지의 허파, 수많은 늪을 삼키고
끝없이 펼쳐진 삼림을 삼키고
대지의 젖줄, 푸르른 강줄기 삼키고
오래된 사원을 삼킨다

사내들은 붉은 안개가 두려웠다
사내들은 거친 말소리로 두려움을 달래고 있었다

안개의 붉은 혀는
사내들 거친 말소리 삼키고 불안한 눈빛 삼킨다
사내들 처진 어깨 삼키고 두터운 발목 삼킨다

안개의 붉은 혀는, 사내들
밥그릇은 삼키지 못한다

사내들은
대한제국이고 조선이고
발해이고 고구려이고
우랄이고 바이칼이었다

사내들에게 밥그릇은
하루였고 달빛이었으며
낡은 노동화였고 무디어진 낫이었으며
영하의 부두였고 젖은 벽돌이었으며
쓰러지는 의지였고 먼 기다림이었으며
봉두난발이었고 핏발이었으며
밥그릇은, 눈물겨운 밥그릇은
단지斷指였고 도화선이었으며
젖무덤이었고 애기똥풀꽃이었으며
막무가내 막무가내 고국이었고
신음이었다

아무르만 붉은 안개 사내들 밥그릇 핥는다
밥그릇은 진저리 친다

밥그릇은 목숨의 터여서
사내들 목이 멘다
밥그릇에서 울음 터진다
울음은 지극하고 깊다

        *

사내들 뼛속을 흐르던 오열은
광활한 대지를 소리 없이 적신다

울음이 내일이었던 사내들
울음이 뼈이고 살이었던 사내들
울음이 양식이었던 사내들
울음이 길이었던 사내들
울음이 동토였고, 묘지석이었던 사내들

사내들의 울음은 유장한 강이었다
사내들의 울음은 광활한 대지였다
사내들의 울음은 웅혼한 산맥이었다

바위 같은 사내들이 터뜨리는 오열로

아낙들 눈빛 깊어지는 밤이었다
사내들 어깨 흘러내리는 절절한 달빛이었다

사내들의 시베리아는
광활해서 두려웠다
사내들의 시베리아는
막막해서 두려웠다
사내들의 시베리아는
도전이어 두려웠다
사내들의 시베리아는
마침내 희망이여서 두려웠다

시베리아는 살아 있음으로 환희로움이었다
시베리아는 보이는 것들의 불평등한 미소였다
시베리아는 보이지 않는 것들의 깊은 상처였다
시베리아는 미완의 혁명이었다

사내들의 시베리아는
시베리아여서 축복이었다
시베리아여서 저주였다

*

시베리아
오, 시베리아
두려운 9월이었다
그해 시베리아의
9월은 붉은 안개였다

자작나무 숲은 한 계절을 완성하느라 적막하다
숲은 강철 침묵을 대지 위에 펼친다
대지는 강철 침묵 위에 알곡들의 묵묵한 축제를 펼친다
알곡마다 숨찬 노동의 근육들 무늬져 있었다
알곡마다 일생의 소리 없는 웃음 숨겨져 있었다
알곡마다 아낙들의 긴 겨울이 담겨 있었다

알곡은 사내들이
바람을 모아들인 어제였다
강물을 끌어들인 오늘이었다
달빛 그림자를 숨겨둔 내일이었다

시베리아의 9월은 바람이다

바람은 자작나무 몰래 뼈를 숨겨 숲으로 든다

뼈를 숨긴 바람은 착란이다

짧은 순간 자작나무 노란 잎들 분분한 생을 종언으로 이끈다

바람에 베어진 잎들 수척한 얼굴로 검은 흙의 손을 잡는다

잎들이 자작나무 숲으로 돌아가는 길은

오래전에 닫혔다

뼈를 숨긴 바람, 그 착란의 계절이 오면

아무르 강물은 몸을 투명하게 굳힌다

강물 투명한 몸으로 서성거릴 때

투명한 몸 위로 돌아와 눕는 갈댓잎들

그 자리에서 긴 겨울 보낼 채비를 한다

갈댓잎 위에 차가운 달빛 흐드러질 때쯤

사내들 달빛 밟고 강 건너 늑대 발자국 쫓는다

사내들은 피 묻힌 칼날을 눈 위에 꽂아놓고 늑대를 기다린다

시베리아 늑대는 칼날의 피를 핥으며 죽어간다

사내들은 늑대가 무릎을 꿇는 순간을 잰다

사냥에서 돌아오는 사내들 어둡다
시베리아의 겨울 풍경은 피 냄새로 얼룩진다
시베리아의 9월은 사내들 피 묻힌 칼날의 계절이다

사내들 9월이 불안하다
묵묵한 계절, 순백의 침묵이 불안하다
불온한 명단 위에 그어지는 붉은 선이 불안하다

9월은 크렘린이었다
9월은 시베리아의 거대한 음모였다

　　　　*

조선은 백성 굶주려 슬픈 나라였다
함경도는 왕실에서 멀어 허기진 눈빛 보이지 않았다

굶주림을 탈출할 길은 막막했다
무산의 기막힌 사내*
경흥의 서러운 사내**

* 최원보.
** 양응범.

함경도 농민 열세 가구 이끌고

1863년, 국법 어기고 월경 감행했다

목숨 건 월경이었다

달빛은 설원을 서럽도록 차갑게 비추고 있었다

지친 그림자 설원 위에 흔들리고 흔들렸다

설원은 아득하고 아득했다

살아서 이 행로를 끝낼 수 있을지

수리부엉이 달빛 차고 날아올랐다

등에서 잠들었던 아이 깨서 칭얼거렸다

물푸레나무로 만든 설피는 국경 넘지 못했다

감각이 사라지면서 뜨거운 열기가 언 발에서 솟았다

그것이 힘이었다

걸어도 걸어도 길은 설원에 머물러 있었다

두 사내는 말이 없었다

지금 가고 있는 이 길이 생의 마지막 길이라고 믿었다

서로에게 믿음 보내며 죽음도 함께하자고

살아서 함께하는 길이라면

축복처럼 살자고 주먹을 불끈 쥐었다

몇 십 마장을 걸었으니

월경죄로 죽지 않아도 될 듯싶었다

설원의 끝은 나지막한 능선이었다
그러고는 기적처럼
꿈결처럼 북으로 산줄기가 이어져 있었다
죽음처럼 몰려오는 잠을
흔들어 깨우며
차고 서러운 밤을 밀어냈다
잠들고 싶었다
잠들어 눈 쌓인 벌판에 스며들고 싶었다

두 사내는 서로의 목숨을 일으켜 세웠다

　　　　*

아침 해가 붉게 솟아올랐다
설원 붉게 물들고
사내들의 가슴도 붉게 물들었다

남루한 목숨 맡긴 땅이 시베리아 먼 동쪽 구석진 티진헤
며칠 밤낮 걸어서 월경한 땅은 함경도에서 멀지 않은
러시아 영토였다

물 설고 산 설고 말 설어 두려운 땅이었다
사내들은 티진헤를 지신허地新墟로 이름하였다
지명은 사람들을 거느렸다

지신허는 궁핍한 꿈이었다
지난한 내일이었다
새로운 지명을 찾아 고향을 버린 사내들
지신허에 연자방아를 세우고
구들을 놓고 우물을 팠다
여럿의 예카테리나가, 여럿의 빅토르가 태어났다
지신허에 아이들 울음소리 청대 밭이었다
지신허강 아이들 울음을 받아 축복처럼 흘렀다
강은 지신허 사내들 기르는 젖줄이었다
고단한 삶을 쓰다듬어주는 부드러운 손길이었다

다섯 해 지나며 지신허의 유민들 천여 명으로 늘어났다

1869년, 큰 흉년이 들었다 기사己巳흉년이다
참혹한 기근이었으며 형벌이었다
강풍과 흙비로 모든 작물이 말라 죽었다
아침마다 붉은 햇무리가 서고

강바닥이 드러났다
농심은 풀풀 흙먼지로 날았다
초근으로도 목피로도 기근을 견딜 수 없었다
굶주림은 참을 수 없는 고통이었다
굶주린 사람들은 조국을 버렸다
조국은 주린 배를 돌아보지 않았다
그들은 러시아 국경을 쉽게 넘었다

소문은 발 없이 천리를 갔다
초겨울, 수천 명의 사내들이 지신허로 몰려들었다
헐벗은 채 굶주린 식솔들을 힘겹게 이끌고 나타났다
눈빛은 흐리고 검은 광대뼈가 솟아 있었다
지신허는 이미 이상향이 아니었다
지신허는 신기루였다
새로운 지명이 불러들인 사내들이었지만
먼저 온 사내들이 일군 땅은 작고 초라했다
지신허는 수천 명을 거둘 식량도 가옥도 없었다
허기 위에 덮친 허기는 견디기 힘든 수난이었다
혹독한 추위를 막아줄 한 칸의 흙벽이 아쉬웠다
지신허는 생지옥이었다
먼저 온 사내들은 난감했다

천여 명이 겨울 날 식량을 수천 명을 위해 풀었다
그 식량으로 며칠을 버틸까
속수무책의 계절이었다
속출하는 아사자들을 매장할 땅은 삽이 들어가지 않았다
최초의 사내가 다른 사내에게
새로운 땅을 찾아 떠나야 한다고 말했다
두 사내가 목숨 걸고 일군 지신허는
수천의 유민을 거둘 수 없는 절망의 땅이 되었다

어제는 아이 낳던 아낙이 죽었다
남편은 사냥에서 돌아오지 않았다
최초의 사내가 핏덩이를 안았다
닭 울음소리가 사라졌다
개 짖는 소리가 사라졌다
돼지 울음소리가 사라졌다
소와 말 울음소리가 사라졌다
핏덩이의 울음소리가 사라졌다
살아 있는 소리들이 사라졌다
굶주림 너머 또 다른 굶주림이었다

혹독한 계절은 느리게 흘렀다

핏발 선 눈빛들, 남쪽 하늘을 보았다
핏발 선 눈빛들은
조금씩 미쳐가고 있었다
누가 우리를 지신허로 데려왔는가
누가 우리를 로스케의 땅에서 죽게 만들었는가
누구도 그들을 지신허로 데려오지 않았다
누구도 그들을 죽음으로 이끌지 않았다

최초의 한 사내*는 새 땅 찾아 나섰다

고난의 행군은 북으로 이어졌다
자작나무 숲이 유민의 길을 따라와주었다
자작나무 숲은 언제나 설렘이었다
구릉을 넘고 광활한 벌판을 건넜다
그리고 수이푼이었다
새 희망의 땅, 수이푼이었다
수이푼을 추풍秋風이라 이름하였다
새로운 지명은 새로운 삶을 거느렸다

* 최운보.

서른다섯 가구를 이끌고
최초의 한 사내, 추풍에 자리 잡았다
개 짖는 소리가 멀리까지 들렸다
자작나무 숲을 태워 밭을 만들고
돌을 골라 논두렁을 세웠다
집터를 다지고 물길을 내고
볍씨를 틔우고 못줄을 띠웠디
벼를 파종하는 기쁨은 추풍을 덮었다
풍물을 치고 두레를 놓았다
달콤한 고난의 세월이었다

천이백여 명의 유민들이 추풍의 새로운 주민이 되었다
추풍은 넓은 가슴으로 유민들을 맞았다
추풍은 드넓었다
사내들은 새벽마다 지평선에 시선을 박았다
사내들의 발은 언제나 흙 속에 묻혀 있었다
아낙들은 가슴을 풀어 아이에게 젖을 물렸다
아낙들의 젖은 대지였다

수이푼강이 흐르는 추풍은 사내들의 가슴이었다
우수리스크 지역의 추풍사사秋風四社는 그렇게 세워진

한인 마을이었다
   코르사코프카, 크로우노프카, 푸칠로프카, 시넬리니
코보 마을 세우며
   사내들 흥겨웠다

   집집마다 일찍 불을 껐다
   사내들은 밤에도 힘찼다
   매일 밤 황홀한 연옥을 넘나들었다

            *

   지신허에 남아 있던 최초의 다른 사내*는
   지신허가 황폐해지는 것을 더는 볼 수 없었다
   더는 지신허의 이름으로 사내들을 묶을 수 없었다
   사내들을 서북쪽을 이끌었다
   사내들의 가슴은 가뭇없이 넓었다
   사내들의 눈빛은 밤마다 흔들렸다
   새로운 땅이, 새로운 하늘이, 사내들을 설레게 했다
   미지의 바람이 사내들을 호명했다

• 양응범.

사내들 다시 유민의 길에 올랐다
사내들이 이끄는 그림자가 지평선에 걸렸다
지평선에 붉은 해가 오래도록 머물렀다 지쳐 쉰 곳
그곳이 안치혜였다

사내들 안치혜를 연추煙秋라 이름하였다
새 지명을 입힌 땅은 새 삶을 경작하기 시작했다
사내들은 연추에 마음 뉘였다
마음은 지쳐 너덜거렸지만 절망을 노래하는 사내는
없었다

사내들은 달빛 가득한 마당을 갖게 되었다
집집마다 머루알 같은 예카테리나 혹은 빅토르의 눈
망울이 마당을 채웠다
어린애 우는 소리가 개 짖는 소리를 덮었다

연추로 사내들이 흘러들었다
아낙의 흐트러진 머리에서 이삿짐이 부려졌다
사내들은 두툼한 손으로 새로 온 사내들 손을 잡았다
손바닥에서 손바닥으로 따스한 마음 흘렀다
가난은 지극할 뿐, 마음은 새벽이어서

사내들 가슴은 한결 넉넉했다
그 넉넉함으로 우물 다시 파고 고샅길 열었다
고샅길 넘치며 연추마을은
상연추, 중연추, 하연추 마을로 나뉘었다
사내들 '카레이스키 사드'라 불리운
'조선인들의 정원'을 만들었다
버드나무 연둣빛 잎새 연못에 드리웠다
허기는 잠시 머물다 가는 구름이었다
아낙들 진달래꽃잎 물고
사내들 해바라기 닮아갔다

안치혜강 사내들을 흘렀다
강은 풍요로웠으며 아낙들의 허리를 밤마다 감아 흘
렀다
추수 마당은 웃음소리 넘쳤다
사내들 웃음 위에
사내들 웃음이 쌓였다

세월 흐르며 사내들의 웃음 뒤로
연추가 낡아갔다
사내들 희망도 낡아갔다

*

　낡아가는 연추마을 더는 유민들의 누울 자리가 아니
었다
　먼저 온 사내들, 뒤에 온 사내들 위해 마을 넘겼다
　사내들은 다시 유민의 길 떠났다
　유민의 길이 사내들의 길이었다
　길 위에 길을 쌓으며 사내들은 걸었다
　구릉이 겹쳐 지나가고 먹구름은 지평선을 숨겼다
　칭얼대는 어린것들로 행군이 흐트러질 때가 된 것이다
　사내들은 아무르만이 내려다보이는 언덕에
　고단한 어깨를 풀었다

　아무르만은 부드럽고 따스했다
　아무르만은 사내들 탯줄이었다
　용기가 아무르만에서 왔다
　결기가 아무르만에서 왔다
　생명의 약동이 아무르만에서 왔다
　아무르만 감돌아 하루 뱃길이면 동해였다
　동해가 그들의 탯줄이었던 시절이 있었다

사내들 정처 없어 유민이었다
떠돌다 머문 곳이 삶의 터전이었다
정처 없는 유랑의 길은
사내들의 숨소리였고 고함이었고 분노였고 결기였고
의지였다
사내들의 가슴 속 불덩이였다
유민들 고국 가까운 곳으로 내려오다 머문 곳이 노보
고로드만이었다
조선 지극한 사내들 그곳에서 새 삶을 시작하겠다 했다

조선은 그리움이었다
함경산맥 낭림산맥 추가령산맥 그리는 사내들
산맥 멀지 않은 포시예트만에 멈춰 섰다

강물은 유민들 가슴을 흘러 눈물겨웠다
그 강이 수이푼강이었다
가을 수이푼 강물은 은빛 비늘이었다
강이 야위고 강물 투명하게 머물며
자작나무 숲 그늘 담을 때
사내들 수이푼강을 건넜다

강물에 유민들 검은 얼굴 오래도록 남아 흔들렸다

조선에서 안치혜로 석 달 걸려 넘어왔던 사람들
한 사내는 아낙이 없다
석 달 연추로 이동하며 굶주림 견디지 못하고
아낙을 팔았다
아낙은 울지 않았다
사내 아이 둘, 입술 파랗게 질렸다
며칠 째 굶은 창자, 살 에이는 바람에 펄럭였다
아낙 스스로 아낙의 길 택했다
사내는 울며 말렸다
아낙이 흰 허벅지를 내보이며
내 살을 베어 먹이라
할 때 사내 머리를 떨구었다
아낙은 남의 눈이 무섭다며 한밤중
러시아 남자를 따라나섰다
푸른 달빛이 아낙의 접힌 어깨 출렁이는 걸 보았다
그렇게 얻은 양식이 옥수수 한 말이었다
그것으로 한 달 버텼다
사내에게 연추는 지극한 슬픔과 상실의 땅이었다
블라디보스토크행을 결심한 사내는

남쪽으로 길게 뻗은 벌판 보고 통곡했다
목숨 걸고 찾으러 오겠다 한 약속 지킬 수 있을지
사내는 연추 떠나며 수없이 무너졌다
연추에서 블라디보스토크까지의 이주 길은
아내에 대한 속죄의 길이었다

블라디보스토크는 사내들에게 희망의 땅이었다
새 문물은 사내들을 꿈꾸게 했다
하늘이 새로웠다
양지와 그늘이 어디서 자라는지 알게 되었다
사내들에게 내일의 땅, 블라디보스토크는 양지였다
양지에서 내려다보는 아무르만은 따뜻했다
사내들에게 빅토르가 태어나고 예카테리나가 태어났다

수이푼 지나 하염없는 북행의
새로운 땅이 스찬이었다
유민들은 그곳을 수청水淸이라 이름하였다
새로운 지명은 새로운 삶을 꿈꾸게 했다
새로운 삶이 낡아질 때까지 꿈은 유효했다
그곳에서 새 삶을 시작한 유민들은 얼굴 붉었다

*

사내들의 욕망은 끝이 없었다
사내들은 우수리스크에서
하바롭스크로
다시 캄차카로 올라갔다
그 미지의 땅에서
반년이 겨울인 계절을 이기고
삶의 터전을 마련했다
아이들이 태어나고
태어난 아이들은 볼 붉어
자작나무 숲 환했다

사내들은 가는 곳마다
새로운 지명을 만들고
지명에 올릴 예카테리나 혹은 빅토르를 낳았다
지명 새길 연자방아를 세우고
지명 데울 구들을 놓았다

유민들의 새 지명마다
붉은 안개 스며들었다

붉은 안개 사내들의 모든 마을*에 느릿느릿,

그러나 완강하게 스며들었다

* 연해주의 주요 한인 마을은 국경 지역의 티진헤, 안치헤, 파타쉬, 노보키예프스크,
포시예트 등, 블라디보스토크 인근의 아지미, 시지미, 바바라쉬, 라즈돌리노예 등,
우수리스크 인근의 시넬리니코보, 푸칠로프카, 코르사코프카, 크로우노프카, 보라
소프카, 미하일로프카, 우수리스크 등, 스찬 인근의 프로프스카, 니콜라예프카, 타
우제미, 스찬 등 6백여 곳이나 되었다.

2. 신한촌의 분노

아무르만 남쪽 둔덕마퇴에
아지랑이 꿈결 같았다
그 아래 저지대 웅덕마퇴에
자지러지는 웃음소리 넘으면
제국의 바다, 아무르만이었다
블라디보스토크 군항은 제국의 지느러미였다
군항은 베일에 싸여 야망 깊어지고 물빛은 검푸렀다

사내들은 군항 건설 현장에도 있었다
군항 공사판 땀으로 적시며 태평양 품고 싶었다
독dock을 짓고 대함 포대를 구축했지만
설계도의 이면에서 근육을 부풀리는 일이었을 뿐
제국 함대 태평양 어디쯤서 험한 물살 가르고
남의 나라 국권을 찬탈할지 모를 일이었다
우박은 아무르만을 촘촘하게 뚫었다

아무르만이 허연 배를 뒤집으며 헐떡이고
우박 후에는 찬비였다
사내들 찬비 맞으며 철근 자르고,
휘고, 묶었다 철근은 순응하는 의지였거나
사각 콘크리트에 갇혀 오랜 시간 반성 없이 산화하는
불굴이었다 불굴은 허약한 근육이었다
사내들의 거처는 블라디보스토크 중심부의 밀리온카
였다
밀리온카는 역설하는 백만장자여서
중국인들의 집단 거주지였다
그곳에 사내들이 몰려 살았다
지신허 거쳐 연추 거쳐 이곳 블라디보스토크까지 올
라온
사내들은 아무르만에
지친 시선 던져 넣으며 하루하루를 끝냈다

사내들은 시베리아철도 건설 현장에도 있었다
침목은 사내들 마음처럼 무거웠다
북국의 차운 달을 따스하게 녹이는 일은
모든 근육을 당기고 푸는 힘든 일이었다
달빛을 방으로 옮기며 터득한

사내들의 힘쓰는 법은 사내다움의 질펀함이었다

그 힘으로 레일은 날마다 몇 킬로미터씩 그림자를 늘렸다

장딴지의 힘이 작업화에 무쇠덩이로 내려 박히고는

작업화 바닥을 지나 드넓은 대지에 닿았다

대지는 조용히 사내들의 힘을 받아 단단해지고

자작나무 숲 노랗게 물들고 나면 거울은

까마귀 떼와 함께 오는 것이다

사내들, 해진 잠방이 틈으로 벌건 무릎이 바보처럼 웃었다

가끔 조용한 주검이 중국인들 거주지를 떠나

어디론가 사라지는 일, 사내들이 보드카와 함께

눈 더미에 처박혀 동사하는 일이 있기는 했다

봄은 사내들 곡괭이 끝에서 왔다

대지가 곡괭이 끝으로 파고드는 사내들 힘을 받아

푸르르 떨기 시작하면 공사가 재개되는 것이었다

백야가 시작되면 레일의 그림자가 매일 더 늘어났다

사내들은 새로 깐 레일에 한 발 올리고

우수리스크나 하바롭스크

더 멀리 캄차카를 꿈꾸기도 했다

사내들은 농토 위에도 있었다

광활한 대지는 처녀 몸이다

함경산맥이나 낭림산맥

혹은 개마고원 어느 골짜기 벗어나도

이처럼 가슴 뻥 뚫리는 대지는 처음이었다

어떤 사내는 하산 지나 울었고

어떤 사내는 티진헤 지나 울었고

어떤 사내는 블라디보스토크 지나 울었다

연해주 드넓은 대지는 사내들 울음이었다

땅은 소원이고 포한이었다

사내들 기다리고 있던 연해주는 씨앗 품어보지 않은

처녀지였다

목 놓아 울던 하루는 평생의 울음이었다

사내들 울음 위에 지평선 희붐하게 열리고

붉은 해 올랐다

강물도 품었던 자작나무 숲 깨운다

사내들 가슴 온통 붉었다

씨앗 품어보지 못했던 처녀지들

수천 년 어둠 가르는 날카로운 삽날 맞고 싶었다

가슴으로 토지를 안고

가슴으로 지경 넓히는 날

가슴으로 달빛 건너왔다

달빛 가슴 건너는 소리 나지막한 지붕이 들었다

지붕이 홀로 부끄러워 움츠렸다

아랫배 부풀어 오르는 달빛

사내들 탕탕한 웃음이었다

사내들은 고깃배 위에도 있었다

아낙들 설렘으로 밤을 지새웠다

사내들 가슴에서는 캄차카 바다 내음 물씬했다

바다 내음 속으로

아낙들 허리가 활처럼 휘어져 들어왔다

허리는 격랑의 파고였다

블라디보스토크항은 어둠 깊었다

갑판에 선 사내들 대안의 어둠 속에 잠든

낮은 목조 지붕들 오래도록 바라보았다

대안도 목조 지붕도 자작나무 숲도 어둠의 순한 짐승
이었다

  그물 끌어올리는 사내들 등 뒤로 파도가 산처럼 솟았다

  어선은 파도 속으로 밀려들어가고 밀려나왔다

  파도는 사내들 가슴이었다

파도는 사내들 열린 묘지였다
하얗게 부서지는 포말은 묘비명이었다
살아서 쓰는 묘비명은 비통도 분노도 아니었다
묘비명은 갑판에 펄떡이는 내일이었다
사내들 그물 끌어올렸다
그물은 욕망의 꽃이었다
그물은 바다를 포획하는 사내들의 힘이었다
수십 톤의 명태들이 갑판으로 쏟아져 내렸다

은빛으로 펄떡이는 저 희망들 저 아름다운 묘비명들

　　　*

사내들의 거처 밀리온카는
더럽고 냄새나는 이주 노동자들 주거지였다
1893년, 러시아 당국은 이들을 새로운 거주지로
이주시켰다 사내들에게 강제이주는 일상이었다
새 주거지는 나지막한 언덕,
아무르만 남쪽 둔덕마퇴와 웅덕마퇴에 이르는
블라디보스토크항 왼쪽 경사 지역, 사내들의
뜨거운 숨소리 기다리고 있었다

밀리온카에서 중국인들과 부대끼던 시절은
추억이었다 서러운 추억이었다
이곳이 카레이스카야 슬라보드카,
한인 이주 역사가 시작되는 땅이었다
그 땅에 새로운 지명 개척리開拓里를 앉히며
사내들 야심찬 첫날의 설렘 정강이뼈에 새겼다

개척리는 사내들의 새로운 날개였고 둥지였다

지명은 역사이고 사람이고 숨결이다
지명은 하늘이고 땅이고 새벽이다
지명은 보이는 것들의 내일이고 보이지 않는 것들의 어
제다
개척리는 이 모든 것들이다

개척리에 민족 학교가 문을 열었다
모국어를 가르쳤고 조국을 가르쳤다
아이들 눈동자가 세상 밖을 보기 시작했다
학교는 아이들에게 무질서이며 질서였고
억압이며 해방이었다

고국은 풍전등화였다

사내들 가슴은 분노로 차올랐다

개척리의 하늘은 늘 우울했다

우울한 사내들이 모이는 아지트는 암울했다

1909년 3월 2일 연추 하리, 봄은 멀었다

시베리아의 칼바람이 뼈 속을 파고들었다

침묵이 흘렀다 침묵은 만년 빙하였다

아직 무명지 성한 사내는 왼손무명지를 도마 위에 올렸다

동지들도 왼손 무명지를 도마 위에 올렸다

사내는 오른손에 잡은 단도 높이 올렸다

단도에서 깊고 푸른 섬광이 일었다

단도는 사내의 서슬이었다

사내의 무명지 첫째 마디가 잘려 나갔다

무명지에서 선혈이 뿜어져 동지들의 얼굴로 튀었다

동지들의 단도날이 바람을 갈랐다

촛불이 흔들렸다

순간 열한 개의 무명지 첫째 마디가 바닥으로 떨어져나가고

선혈이 흔들리는 어둠을 그었다

동지들은 태극기에 '대한독립'이라고 혈서를 썼다

그것으로 단지동맹의 결연한 의식은 끝나지 않았다
늙은 일본 제국을 암살하지 못하면
자결로 속죄할 것을
맹약하는 것으로 침묵의 의식은 끝났다

1909년 10월 19일
무명지 자른 사내*는 연추 하리의 집을 나섰다
젊은 아낙의 눈빛이 떨렸다
어린것들도 애비의 출타가 불안했는지
아낙의 치맛자락을 놓지 않았다
잠시 뱃멀미가 왔다
블라디보스토크항은 낯설지 않았다
마주 앉은 대동공보사의 사내는 천재일우의 기회를
건넸다
무명지 자른 사내는 피가 솟구치는 걸 느꼈다

　*

경술년은 치욕이었다

• 안중근.

근정전은 무기력했고 경복궁 용마루의 햇살은 쇠잔했다
조선왕조 27대 519년, 대한제국 18년의 역사는 서러워
1910년 8월 29일이었다

개척리에 뜨거운 기운이 감돌고
울분으로 가슴 치는 젊은 사내들 모여들고
백성들이 땅을 치며 울었다
중국에서 독립운동하던 투사들 모여들고
밤이면 웅덕마퇴 낮은 길목에서
사내들은 서로의 목을 끌어안고 울부짖었다

러시아 기병단 소속 기마병들
카레이스카야 울리차 거리를 질풍처럼 내닫는다
개척리를 유린하는 기병들의 말발굽 소리는
한인들 가슴에 거대한 얼음덩이로 굴러떨어졌다
기마병들 하늘 높이 채찍 휘두르면
말은 개척리를 차고 오른다
하루에도 몇 번씩 기병들은
개척리 사내들 가슴을 휘저었다
기마병들 사라진 한인 거리에 검은 흙먼지 자욱했다

역병은 소문처럼 퍼지기 시작했다
중국인 거리에서 시작된 콜레라였다
콜레라는 개척리를 피해 가지 않았다
아이들이, 노인들이, 아녀자들이
마침내
사내들이 고열을 견디지 못했다

콜레라로 개척리를 묻겠다 했다
아니다, 말발굽으로 개척리를 묻겠다는 음모였다

1911년 5월 28일,
그건 속박이며 명령이었다
그건 청천벽력이며 분노였다
그건 상실이며 원망이었다
그날까지 새로운 땅으로
이전을 마치라는 지상 명령은 개척리를 숨죽이게 했다
강제이주는 사내들에게 숙명이었다

개척리 18년은 사내들의 어제였고 오늘이었다
개척리는 더 이상 사내들의 영토가 아니었다
사내들은 개척리를 떠나 새로운 삶의 터로 옮겨갔다

새로운 삶의 터는 사내들의 목숨으로 숨쉬기 시작할
것이다
목숨을 주지 않으면 대지는 몸을 열어주지 않는다는 걸
사내들은 알고 있었다

사내들 떠나자 한인 거리,
카레이스카야 슬라보드카는 기병단의 말발굽 소리로
채워졌다
마방이 지어지고
기마병들의 막사가 지어지고
장교들의 숙소가 지어졌다

개척리를 뒤흔들던
말발굽 소리
사내들 가슴에 역신의 저주로 남았다
말발굽 소리 속으로 개척리는 사라졌다

                    *

새로이 시작된 사내들의 영토는

아무르만 동쪽 해안 지대 라게르늬곶
쿠즈네초프곶 사이의 산비탈이었다
개척리에서 몇 마장 떨어진 메마른 땅
아무르만이 내려다보여 사내들에게 위안이었다
밀리온카에서 개척리로
개척리에서 거친 산비탈로
사내들의 전망은 어두워져갔다

블라디보스토크 짙은 안개 속에
사내들은 지친 꿈을 뉘었다

사내들은 목조 가옥을 세우고 유리창을 달았다
유리창은 마법이었다 창마다
달리아와 패랭이꽃과 애기똥풀꽃을
불러들여 아낙들에게 안겼다 안개와 해변과 너울을
불러들여 사내들에게 안겼다
창으로 아무르만의 낙조를 불렀다
창으로 자작나무 숲을 불렀다
사내들은 유리창으로 웃었다
유리창은 사내들에게 문명이었다
그렇게 만들어진

노바야 카레이스카야 슬라보드카를
사내들은 신한촌新韓村이라 이름했다
새로운 지명은
새로운 사람을
새로운 내일을 거느렸다
새로운 지명이 거느리게 된
사내들 붉은 가슴 속으로
아무르만 출렁이고 출렁였다
아무르만 안개는 사내들의 어깨를 감싸 안았다

신한촌은 사내들에게 꿈이었으므로
신한촌은 아낙들에게 현실이었으므로
시가지를 지나 공동묘지를 지나
멀리 아무르만이 내려다보이는
산비탈에 다닥다닥 붙은 가옥 천여 채
사내들은 사내들끼리
아낙들은 아낙들끼리
빅토르들은 빅토르들끼리
예카테리나들은 예카테리나들끼리
카레이스카야 거리를 모국어로 채웠다
모국어는 어미의 젖이었다

달차근하고 서럽고 뿌듯했다
자음과 모음 혀끝으로 굴리고 나면
모두가 혈육이었다

       *

블라디보스토크 일본 영사관 침침한 불빛
일본 제국주의 어둠의 회로를 만들어갈 때
신한촌 골목마다 핏발 선 사내들 눈빛 부딪고
어둠 속에서 낯선 사내들 어깨 부딪고

신한촌은 지루한 게릴라전에서 해진
군화 벗어 젖은 흙 터는 휴식처였다
군화 속에서 바람에 쓸려가는 비명소리 들렸다
군화는 숨 쉬는 묘비명이었다
군화는 목숨의 전령이었다
군화는 감옥이었고 함성이었고 해방이었다
군화는 사내였다

어둠의 시간들이 굳어진 채
군화는 계곡에서 낡아갔다

군화는 총소리 들릴 때 마다 산기슭을 내려섰다
군화는 주인 잃은 군화의 어깨에 기댄다
군화는 필경 흙먼지로나 신한촌에 닿을 것이다

군화는 사내 속의 사내였고
군화는 어둠 속의 어둠이었고
군화는
마침내 고국 속의 고국이었다

　　　*

연해주의 오월은 봄이었다
봄은 사내들에게 설렘이었다
신한촌을 세우며 항일결사*를 조직한 사내들
사내들에게 독립은 영혼이었다
신전을 불사르는 제의였다
독립은 전쟁이었다
전쟁은 신전을 불살라
새 신전을 세우는 참회의 기도였다

* 1911년 5월에 항일결사 권업회가 결성됨.

전쟁만이 독립을 이룰 수 있다고 두 주먹 불끈 쥐는 사내들
눈빛 언제나 붉었다
젊은 사내들은 광복군으로 몰려들었다
조국 독립은 아무르 강물소리처럼 가까이 들렸다
제1차 세계 대전은 제국을 제물로 삼았다
러시아는 전시체제를 선포했나
역사는 신한촌 사내들을 절망으로 밀어넣었다

                   *

사내들에게 세상을 보는 창은 교육이었다
사내들은 한인 학교*를 세웠다
한인학교는 연둣빛 초원이었다
어린 예카테리나와 어린 빅토르는 파릇파릇 자랐다
민족 대학**은 젊은이들의 창공이었다
젊은이들 가슴은 젊어 푸르렀다
젊은이들 풋풋한 염원은 조국 독립이었다

* 개척리의 계동학교와 1911년에 개교한 신한촌의 한민학교.
** 조선사범대학과 원동종합대학.

젊은이들은 사내들의 또 다른 사내들이었다

젊은이들에게
영토의 설렘을
영토의 뿌듯함을
영토의 미래됨을
심어주고 싶은 사내들,
옥저의 영토였고
고구려의 영토였고
발해의 영토, 솔빈부였던
지금은 남의 땅
연해주

수이푼강은 도도하고 유유했다
젊은 영토여!
그대들이 내 나라여서
그대들이 고구려이고
그대들이 발해이고
그대들이 고려이고
그대들이 조선이고
그대들이 대한제국이다

사내들은 언제나 눈빛이 붉었다

*

젊은 영토들
수이푼강 기슭에서
유격진 익히고
산으로 들었다
끓어오르는 붉은 피, 광복군이었다
분노로 타오르는 눈빛, 독립투사였다
일장기 찢어 태우는 저항, 빨치산이었다

게릴라는 사내들의 조국 밖의 조국이었다
몸은 영토였으므로
몸은 탯줄이었으므로
기관총과 장총이 몸이었고
수류탄과 권총이 몸이었고
군용외투와 탄알이 몸이었다

몸을 받은 게릴라들의 몸은 뜨거웠다
몸이 영토이며 몸이 조국이어서

신한촌은 독립 전쟁의 병참기지였다

독립 전투는 계속되었고
무기는 늘 부족했다
용기만으로
분노만으로
적개심만으로
전쟁을 이길 수 있는 것은 아니었다

밀사는 게릴라전 중에도
게릴라전이 끝난 후에도
수시로 야음을 타
신한촌을 다녀갔다
그때마다
군자금을 마련했다
군자금은 사내들의 노동으로
아낙들의 속주머니로 마련되었지만
태부족이었다

*

깊은 산속 양귀비는 현란한 꽃잎을
자작나무 숲 그늘 향해 흔들고 있다
짧은 계절 더 요염한 양귀비에게서
생아편을 채취하는 무리들은
사내들에게 높은 값으로 넘겨주었다
사내들, 국경 넘어
중국인들에게 생아편을 파는 일은
목숨 거는 일이었지만
유혹은 아편처럼 강렬했다

사내는 밤이 되기를 기다려 공동묘지를 올랐다
영아의 시신 묻고 돌아서며 혼절 거듭하던
이웃 아낙 얇은 어깨 흔들리던 묘지였다
영아의 영원한 거처를 마련해준 것은 사내였다
세마포에 영아를 조심스럽게 감은 것도 사내였다
사내는 영아의 시신을 파냈다
달빛 아래 영아는 잠든 듯
고요로웠다

아가야 가자

　영아의 시신 안고 공동묘지 내려온 사내는
　영아의 얼어 있는 배를 가르고
　배 속에 아편을 채웠다
　아가야 미안하다 미안하다 미안하다
　사내는 헛소리처럼 미안하다를 외웠다
　사내는 영아를 안고 집으로 돌아와 아낙에게 길을 재
촉했다
　아낙은 영아를 업었다
　영아는 울지 않았다
　영아는 아낙의 등에서 평화롭게 잠들었다
　중국 국경수비대는 잠든 영아를 들여다보고는 돌아
섰다
　연해주에서 살 수 없어 국경을 넘는다는 사내의 말을
믿는 듯했다

　중국인은 어둠 속에서 사내를 맞았다
　사내는 영아의 뱃속에서 아편을 꺼내 넘겼다
　아낙이 혼절했다
　사내는 아낙을 일으켜 영아를 업혔다

영아는 아낙의 등에서 다시 잠들었다

사내는 영아를 안고 공동묘지로 올랐다
영원한 요람에 영아의 시신을 조심스럽게 눕혔다
나지막한 봉분으로 영아를 재웠다
사내는 영아를 향해 큰절 올렸다

신한촌에서 멀어지면 양귀비 재배로 살아가는 사내들
있었다
아편은 삶의 방편이었다
소작의 치욕보다 생아편이 나았다
몇 사내 깊은 숲 속에서 생아편 농사 끝날 때쯤
마적 떼들 숲 속 마을 쳐들어와
생아편 강탈해 갔다
사내들 목숨으로 지키려 한 생아편이었다

마적 떼는 생아편 사냥 끝나면 사람 사냥을 했다
아녀자 겁탈하고 말발굽으로 짓이겼다
겁에 질려 우는 어린것 하늘 높이 던져놓고 권총으로
쏘았다
어린것의 피가 비처럼 내려 놈들 얼굴을 적셨다

54

사내들은 사라지는 마적 떼 망연자실 보고만 있었다
그렇게 당하고도 양귀비를 재배했다
그 일이 사는 일이어서
그 일이 살아 고국 돌아가는 일이어서
사내들은 양귀비 황홀한 꽃잎에 영혼을 넘겼다

신한촌에서는 일어날 수 있는 모든 일들이 일어났다

＊

러시아 국적의 한인들은 이미 지주였다
무상으로 대여받은 넓은 땅은 권력이었다
무국적 한인들이 그 땅 빌려 농사를 지었다
땅 없는 서러움은 고국에서 끝난 것이 아니었다
국적은 폭력이었다
무국적 사내들에게 귀화를 강요했다

귀화한 거드름 보아줄 수 없었다
러시아인 지주보다 더 악랄한
귀화 한인 지주들이었다
소작료는 매년 올려 받았다

거드름은 소작료였다
소작료는 공민증 없는 사내들에게 수탈이었다
고국이 버린 머슴이었다

수탈은 더러운 폭력을 불렀다
곡식 창고는 사내들 발소리로 어수선했다
낫이 항변일 때도
주먹이 반항일 때도
살인이 정의일 때도
무국적 사내들에게 형벌은 가혹했다

러시아 국적 취득하는 사내들 많았다
사내가 러시안이 되자 기적처럼 땅이 왔다
사내는 땅을 바라보고 바라보았다
사내는 땅에 엎드려 울었다
울다 일어나 흙 한 줌 쥐었다
입안으로 털어 넣었다
흙 맛이 달았다
땅에 처자식 찌든 얼굴 어렸다
광대뼈를 타고 주르륵 눈물 흘렀다
사내는 흐르는 눈물 주먹으로 훔치며 미친 듯 웃었다

사내의 웃음소리 자작나무 숲 흔들었다
땅은 사내들에게 소망이며 족쇄였다
러시아가 조국이 되었으므로
사내의 사내는 러시아를 위해 입대했다
귀화는 사내들의 뼈와 피를 바꾸어갔다
땅을 얻고 더 많은 것들을 잃었다

개 같은 일들이 신한촌에서 하루가 멀다 하고 일어났다

아낙들은 단추 공장에서 일했다
단추는 아낙들의 즐거운 상상이었다

단추는 1917년에도 아낙들의 손끝에서 반짝이며 굴러떨어졌다
그것이 10월 혁명이었다
볼셰비키 무장봉기의 날 1917년 10월 24일에도 아낙들의 단추는 빛났다
그렇게 러시아에 새 시대가 왔다
모스크바에서 동쪽의 먼 땅 원동에도 볼셰비키는
단추와 함께 왔다
단추는 새로운 계급이었다

노동자와 농민이 주인이 되는 세상에서 단추는 힘이었다
단추는 권력이며 유형이었다

저, 저주로운 레닌의 금빛 단추여!

신한촌의 분노여!

3. 라즈돌리노예역의 어둠

1920년 4월 5일, 그들은 어둠을 택했다

어둠은 살육의 도구였다

일본군의 움직임이 수상하다는 풍문은 블라디보스
토크에서 날아왔었다

블라디보스토크 일본 영사관으로 수상한 인물들 드
나들기 시작했다는

파발이 우스리스크에 도착한 것이 이틀 전이었다

1908년, 한인 유격대는 두만강을 건너

신화산 홍의동, 회령 영산의

일본군 초소를 차례로 초토화시켰다

유격대 뒤에는 블라디보스토크의 한인 거상으로

의병 조직 동의회를 이끌어온 독립운동의 대부

통 큰 사내*가 있었다

• 최재형.

사내는 바람이었다
사내는 희망이었다
사내는 루블이었다
사내는 니콜라이 2세의 대관식에 초청되었던
블라디보스토크의 거물이었다

일본은 유격대의 배후 세력
통 큰 사내를 체포하고 의병 조직을 해체하라고
러시아에 요구했다
그 요구는 승전국의 오만이었다
러시아는 의병 조직을 해산하라고 명령했다
그것은 악마의 미소였고 검은 안개였고 침묵하는 죽음이었다
러시아 국적의 연해주 한인 젊은이들을 징집하고
독립군에 투신하려는 젊은이들에게 검은 족쇄를 채웠다
침묵하는 죽음이 젊은이들을 살아 있는 시체로 만들었다

얼굴 없는 등이 통 큰 사내에게는 두려움이었다
최 표트르 세메노비치를 연호하며 혀처럼 굴던
러시아 장교들도, 고급 간부들도

사내의 술잔을 받지 않았다
사내는 눈길을 밟으며 홀로 돌아왔다

사내의 어깨가 좁아지면서 유격 활동이 위축되었다
사내가 달빛 위의 흔들리는 그림자로 서자
유격대의 공격 목표가 흔들리고
지리멸렬한 날들이 흘렀다
돈줄이 막히고 군자금이 바닥났다
사내는 일본군이 흘린 허위 정보를 피하지 못했다
러시아 공안 당국은 사내를 간첩 혐의로 체포했다
사내는 대한제국이 조국인 것처럼 러시아도 조국이라
고 외쳤다
결코 조국을 배반하지 않는다고 외쳤다
무협의로 석방되던 날 보드카에 몸을 적셨다
서글픔이 밀려왔다
사내는 꺼이꺼이 울었다
사내를 비호하던 모든 세력이 사내의 몰락을 비웃었다

사내는 블라디보스토크의 거처를
우수리스크로 옮겼다 거처는 꿈이었다
거처를 옮김으로 통 큰 독립의 꿈은

소멸의 슬픈 길을 가고 있었다

1917년 볼셰비키 혁명은 선택을 강요했다
연해주의 한인들은
러시아 황제를 지지하는 멘셰비키의 백군에도 가담했고
볼셰비키를 지지하는 적군에도 가담했다
어느 편을 지지하거나 살아남기 위한 치욕의 선택이었다
선택은 언제나 비극을 잉태한 독배였다

1920년은 대한독립을 위한 승전의 해였다
기다리던 영웅이 돌아온 해였다
봉오동 전투는 새로운 영웅을 탄생시켰다
영웅이 된 사내*는 승리한 부대를 이끌고
연해주의 스보보드니로 향했다

청산리 전투에서도 전쟁 영웅이 탄생되었다
청산리 전투의 영웅이 된 사내**도
부대를 이끌고 스보보드니로 향했다
한인들은 스보보드니를 자유시自由市라 불렀다

* 홍범도.

** 김좌진.

62

대한독립과 자유를 위한 전쟁의 영웅들은
스보보드니에서 부대를 재편했다
사내들의 눈빛은 짐승처럼 번득였다
더 강력한 눈빛, 더 치열한 적개심은
사내들 군화 끈을 질기게 만들었다

'일제에 대한 응징은 피의 응징으로
결정적이고도 치명적이어야 한다'
두 영웅은 이 사실을 굳게 믿었다
두 영웅 뒤에는 통 큰 사내가 있었다

통 큰 사내는 희붐하게 밝아오는 북국의 새벽 시간이
좋았다
사내는 천천히 일어나 두꺼운 커튼을 열었다
자작나무 숲이 어슴푸레 창으로 건너왔다
생각하면 오래도록 정겨운 숲이었다
대지를 뒤덮고 하늘을 뒤덮고
마침내 마음을 뒤덮어 대지와 하나이게 하는
울울창창했던 자작나무 숲이었다
사내는 지그시 자작나무 숲을 보고 있다
날이 밝아왔다

자작나무 숲이 아연 희미한 연둣빛으로 설렌다
희붐한 어둠 속에서
툰드라의 정령이었던 자작나무 숲은
연둣빛 색깔을 입으며
사내를 설레게 하는 것이다
저 연둣빛이 어린 날이었지

사내는 그해 가을날을 떠올린다
그 가을 혹독한 굶주림은 훗날 근육질의 힘이 되었다
가출 후 며칠을 걸어온 길에는 갈대뿐이었다
갈대를 헤치며 헤치며
푸른 하늘 보았다

여기서 세상을 끝을 보게 될지도 모른다는 생각으로
마음이 떨렸던 아이는 겨우 열두 살이었다
웅덩이의 물로 허기를 채웠다
멀리 바다가 보였다
바닷바람이 아이의 가슴을 치고나갔다
정박해 있는 배들이 보리빵으로 어른거렸다
항구였다 포시예트항은 사내아이의 운명이었다
아이는 부두에 닿자마자 혼절했다

사내는 양부모를 떠올린다

선장이었던 양부는 아이를 사내 중의 사내로 길렀다

양모에게서 유창한 러시아어와 세련된 매너를 익혔다

성실한 인품은 양부를 닮았다

통역사로, 장교로, 사업가로 영토를 넓혔다

사내에게 영토는 무한한 욕망이었으며 꿈의 실체였다

사내의 딴딴한 허벅지에 늘 오색 무지개가 걸렸다

거칠 것 없는 젊음이었다

블라디보스토크에 주둔하고 있는 러시아 군대에

식품을 납품하며 루블화를 모았다

러시아 군대는 사내의 쇠고기를 먹었다

러시아 군대는 사내의 빵을 먹었다

러시아 군대는 사내의 채소를 먹었다

1년에 10만 루블 이상이 쌓였다

루블화는 불꽃처럼 무섭게 일었다

자산이 얼마인지 사내는 몰랐다

그 많던 재산을 조국의 독립을 위해 모두 썼다

후회는 없다 조국 없이 어찌 개인이 있겠는가

다만 조국 독립의 기회가 사라지고 있는 것이 미칠 것

같다
　내 나이 이제 환갑이 아니던가
　이 몸으로 조국 광복을 위해 할 수 있는 일이 무엇인가
　사내의 표정이 어두워진다
　신병기, 군량미, 군복, 군화를 지급할 수 없다는 게
　독립군에게 미안하다 정말 미 안 하 다
　사내의 눈에 이슬이 맺힌다
　이슬 맺힌 눈으로 자작나무 숲이 떨며 들어온다

　사내는 희붐한 어둠 속에서 소리 없이 움직이는 검은
그림자를 보았다
　검은 그림자는 자작나무 숲을 나와 담장을 넘었다
　사내는 미동도 않고 소파에 앉아 있었다

　통 큰 사내는 저격병 앞에 섰다
　체포 이틀 후였다
　재판도 없이 포로로서 가질 수 있는 권리도 없이
　사형이 집행되는 야만의 순간이었다
　왜 죽어야 하는지
　서로 잘 알고 있었다
　왜 죽여야 하는지

서로 잘 알고 있었다

사내는 당당하게 일본 저격병의 총탄을 받았다
심장을 겨눈 저격병의 탄환은 한 치의 오차도 없었다
총탄 몇 발이 사내의 몸을 관통하는 순간
사내는 푸른 하늘을 보았다
하늘은 붉게 물들었다
그것으로 통 큰 사내의 육십 평생, 마지막 장이 접혔다
종언은 섬광처럼 와 일몰처럼 진다
1920년 4월 6일의 일이었다

4월 참변은 한인들에 대한 참혹한 살육이었다
비통한 울음이었고
살 떨리는 분노였다
수많은 사내들이 일본군의 기습으로 쓰러졌다
비명도 없이 탄식도 없이
우수리스크의 한인 거물들이 체포되어 총살되었다
저들은 미친개들이었다
한인 학교가 불타고 아이들이 떨며 울었다
항일독립운동 전초기지 신한촌이 비틀거리기 시작했다

                    *

역사는 반복되지 않았다

더 무거운 수레를 끌게 했다

더 깊은 수렁을 건너게 했다

더 아픈 과거를 민족의 맥박 위에 문신으로 새기게 했다

역사 앞에 피동이었던, 그리하여 칼끝에 섰던 시절이

있었다

4월 참변 이후 혹독한 시련의 세월이 느리게 흘렀다

그 느린 세월이 연해주의 세월이었다

연해주는 한인들의 유토피아가 아니었다

                    *

「낙동강」의 사내*는

아무르강의 조용하고 거대한 흐름을 본다

깊은 강은 멀리 흘러 여기에 와서 잠시 숨을 고른다

* 1894년 8월 10일 충북 진천에서 태어나 1928년 러시아로 망명했던 카프문학작가
  조명희는 추풍의 육성촌(푸칠로프카 마을)을 거쳐 하바롭스크로 이주하였다. 조
  명희와 그의 가족들은 하바롭스크에서 조명희가 스탈린 정권에 의하여 체포되는
  1937년까지 살았다. 조명희는 1937년 9월 18일 체포되어 1938년 4월 15일 사형을
  언도받은 후 5월 11일 하바롭스크에서 총살되었다. 조명희는 1956년 7월 20일 복권
  되었다. 대표작으로 소설 「낙동강」과 시 「짓밟힌 고려」등이 있다.

조국의 역사가 저처럼 조용하고 깊고 아프다
그 수난과 고통이 어디까지 흘러갈 것인가
조용한 아침의 나라라고 말한
타고르는 틀렸다

사내에게 타고르는 다만
낙관적인 미래를 전파하는 시인이었다
"나의 마음의 조국 코리아여 깨어나소서"
그의 기도대로 깨어나지 못하고 있는 조국은
사내에게 부끄러움이었다
부끄러움이 희망이 되려면 이를 갈며 울어야 했다
육성촌에서 문학과 조국을, 역사와 인간을
함께 아파하던 제자들이 그립다

우수리스크 육성촌에서
이곳 하바롭스크로 자릴 옮긴 후
글이 써지지 않았다
낯선 시간 때문이었다 낯선 것은
시간만은 아니었다
사내에게는 목숨도 낯설었다

더 낯선 것이 아무르강이었다
강물 앞에 서면 모든 것들이 덧없었다

카프의 동무들과 작별 인사 없이 떠나온 조국이었다
카프를 함께 시작했던 동무들이 뼈에 사무친다
　조국의 가난한 무산계급들은 어떻게 수탈을 견디고
있을지
　사내는 『선봉』을 펼쳐 「짓밟힌 고려」를 읽는다
　김생이라는 자신의 필명이 아직도 이물감이 든다

　　일본제국주의의 무지한 발이
　　고려의 땅을 짓밟은지도 발서 오래이다
　　　　　　　×　×
　　그놈들은 군대와 경찰과 법률과 감옥으로
　　온 고려의 땅을 얽어 놓앗다
　　칭칭 얽어 놓앗다―온 고려 대중의 입을 눈을 귀를 손과
발을,
　　그리고 그놈들은 공장과 상점과 광산과 토디를 모조리 삼
키며
　　노예와 노예의 떼를 몰아 채즉질 아래에 피와 살을 사정
없이 글어먹는다.

보라! 농촌에는 땅을 잃고 밥을 잃은 무리가

북으로 북으로, 남으로 남으로, 나날이 쫓기어 가지안는가

그러나, 채즉은 오히려더 그네의 머리 우에 떨어진다

순사에게 눈흘긴 죄로, 디주에게 소작료 감해달라는 죄로, 자본주에게 품값 올려달라는 죄로,

그리고 일본제국주의에 반항한 죄로, 쁘로레따리아트를 위하야 나와가며 일하는 죄로,

주림과 막대에 시달려 갈 때, 말은 그네의 몸둥이 위에는 모진 채즉이 던져진다.

—「짓밟힌 고려」 부분

프롤레타리아트 시는 인민들의 가슴을 울려야 하는 거지

사내는 신문을 접어 뒷주머니에 꽂고는

아무르 강물에 마음 던진다

무거운 마음이 강물에 잠겨 흐른다

물끄러미 바라보는 아무르 강물 위에

젊은 동무*의 얼굴이 떠오른다

---

* 한설야(韓雪野, 1900.8.3.~1976). 월북 소설가. 1936년에 당대 지식인의 불안사조를 바탕으로 하면서도 성장하는 노동계급의 삶의 현장을 그려낸 대표작 「황혼」을 발표했다.

대선배 작가를 투항주의와 부르주아 연애지상주의자
라고
통렬하게 비판했던 젊은 동무였다
그게 1923년쯤이었다
카프 태동을 위해 동무들이 모여 토론하던 때니까

짚은 동무의 겸손이 더 믿음직했었다
젊은 동무는 사내의 나즉나즉한 말소리에 압도 되었다
붉고 거친 투쟁을 넘어 평화에 닿은 목소리였다
사내는 말할 때마다 긴 머리를 귓바퀴에 거는 습관이
있었다

사내는 아무르 강물에 손을 담근다
강물은 차다
자작나무 숲이 온통 노랗게 물들고 있다
정갈하고 아름다운 숲이다
숲은 머지않아 순백의 세상을 맞게 될 것이다
아무르강이 얼고
깊고 막막한 계절이 올 것이다
시베리아 횡단열차가 느릿느릿 철교를 건너고 있다
조용하고 깊은 강물 위에

열차의 그림자가 사선을 긋는다
그 사선이 사내의 가슴을 긋는다

이르쿠츠크역에서 떨며 손을 놓았던 동지는
알혼섬으로 들어간다 알려온 후 소식이 끊겼다
바이칼 호수에 수장되기를 소망했던 동지는
전로한인공산당원이었다
동지는 1921년 6월 28일의 자유시 사변*을
추악한 전투였다고 울먹였다

동지는 목울대를 움켜쥐고 더 이상 말을 잊지 못했다
동지는 방아쇠를 당겼던 손가락을 자르고 싶다 말했다
너무 자책 말라 역사의 줄기가 바로 가는 도정의 아픔
이라
생각하라 말했지만
사내의 말은 위로가 아니었다

• 자유시 사변은 사할린 의용군이 러시아 적군과 고려혁명군정회의의 포위와 집중공
  격에 쓰러진 참변이었지만, 그 배경에는 시베리아 연해주를 점령하고 있는 일본군을
  철수시킬 필요가 있었던 볼세비키 공산당이 대한독립군을 볼세비키로 흡수하여 일
  본과 마찰을 피하려는 의도가 있었다. 또한 독립군 내부적으로는 이르쿠츠크파 고
  려공산당 대 상하이 고려공산당 간의 정치적 대립 투쟁까지 겹쳐진 결과로 일어난
  복합적인 배경으로 발생한 사건이라고 평가된다.

8월의 이르쿠츠크역의 철길은
동지의 뜨거운 참회에 휘어지고 있었다
달아오른 철길이
얼마나 많은 한인들의 슬픔을 내장하고 있는지
사내는 알 것 같았다

사내는 가슴을 긋고 지나가는 통증을 견디며
아무르강을 떠난다
아무르강이 몸을 뒤척인다
유장한 강물이 지나온
물길 위에 얼마나 많은 한인들
생사와 고락이 얽혔는지
사내는 짐작한다
눈물이 핑 돈다
노랗게 물든 자작나무 숲이 사내의
흐려지는 시야로 기대온다

고려의 사내는 물끄러미 자작나무 숲을 보고 있다
아무르강 물내음이 묻어 있는 사내의 몸이다
몸으로 숲을 보고 있다
몸은 숲의 숨소리를, 숲의 속삭임을, 숲의 생각을 본다

사내는 몸이 늘 러시아를 향해 달아오르는 것을 느낀다
몸은 러시아의 생각을 느낀다
러시아의 힘찬 격랑을 느낀다
온몸으로 러시아를 껴안을 수 있을 것 같다
사내는 지그시 어금니를 문다

1937년 9월은 막막한 어둠이었다
어둠을 찢고 러시아 병사들이 들이닥쳤다
사내는 그의 초라한 목조 주택에서 체포되어
어디론가 끌려갔다

그것으로 고려 사내는 미완의 혁명이었다

　　　*

1937년 8월은 시베리아의 여름이었다
쨍쨍한 여름해가 느리게 대지를 건너고 있었다
대지는 자작나무 숲으로 덮여 늘어지게 하품을 하고
해바라기를 태양 가까이 밀어 올리고
밀밭 사이로 시원한 바람을 부르고 있었다
연해주의 안치혜나 우수리스크나 하바롭스크도

여름 해는 야회복처럼 길었다

집단 농장마다 트랙터 소리가 요란했다
벼 포기들은 트랙터 소리에 놀라 깨었다
놀라 깬 벼 포기들은 벼이삭을 키우느라
백야를 잠들지 못하고 건넜다
새벽은 벼 포기들의 수런거림으로 밝았다
한 달 후면 추수가 시작될 것이다
먹지 않아도 배부른 풍성한 계절이 오는 것이다
새벽이면 자작나무 잎에 구르는 이슬방울이 영롱했다
그처럼 아름다운 계절에
먹구름이 밀려왔다
어느 구름에 천둥과 번개가 숨어 있는지 누구도 눈치
채지 못했다

크렘린 궁에서 어떤 음모가 벌어지고 있는지 아무도
몰랐다
연해주는 볼셰비키 이후 노동자와 농민의 세상이 되었다
집단 농장이 세워지고 무산계급 출신들이 세상 밖으
로 얼굴을 내밀었다

연해주의 한인들은 혁명의 와중에서 받은 상처를 치
유해가고 있었다
러시아 군인도 되고
러시아 교원도 되고
러시아 관리도 되고
러시아 여자와 결혼도 하고
러시아 남자의 아낙이 되기도 했다

한인 누구도 일본의 첩자가 될 생각은 없었다

1930년대, 일본과 러시아의 관계가 악화되었다
러시아는 제정러시아 시대의 패전국이 아니었다
볼셰비키 혁명 이후 러시아는 강해졌다
일본제국주의의 팽창은 러시아에게 두려움이었으며
크렘린은 언제든 선전포고 준비가 되어 있었다

크렘린에서 보면
한인은 일본 국민이었다
일본과 합병되었으므로 대한제국은 없었다
연해주의 한인들은
일본 첩자가 될 것이 뻔하다는 게

크렘린의 판단이었다 그들에게
한인들은 매우 위험한 이민족이었다

한인들은 억울했다
러시아는 새로운 조국이었으므로
볼셰비키 혁명을 위해 피 흘려 싸웠고
러시아에 뼈를 묻을 사람들이었다
조국의 국권을 찬탈한 일본의
첩자가 될 거라니
위험천만한 이민족이라니

예기치 않은 대재앙이 고양이처럼 소리 없이 다가오고
있었다
　1937년 8월 21일, 소비에트 사회주의 연방공화국 인민
위원회와 볼셰비키 중앙위원회의 결의안*은 연해주의 20
만 한인들의 비극적인 운명을 결정하는 크렘린 궁의 음
모였다

* 김명호역, 『스딸린체제의 한인 강제이주』, 건국대학교출판부, 1944. pp.97~98.

<극비>

소비에트 사회주의 연방공화국 인민위원회와 전소연방 공산당 중앙위원회 결의안
No.1428-326cc 극동지방 국경 부근 구역에서 조선인을 이주시키는 문제에 관하여

소비에트 사회주의 연방공화국 인민위원회와 전 소연방 공산당(볼셰비키) 중앙위원회는 다음과 같이 결의한다.

극동지방에 일본 정보원들이 침투하는 것을 차단하기 위한 목적으로 다음과 같은 방안을 실시한다.

1. 전 소연방 공산당(볼셰비키) 극동지방 공산당 지방집행위원회, 극동지방내무인민위원국에 극동지방 국경 부근 구역들에서 모든 조선인 주민을 내보낸 후 남카자흐스탄주, 아랄해 구역, 발하쉬 구역과 우즈벡 소베트 사회주의 공화국으로 이주시킬 것을 지시한다. 이주는 그로제코보에 인접해 있는 구역들과 포시예트에서부터 실시한다.

2. 빠른 시일 내 이주 작업에 착수하여 1838년 1월 1일까지 완료한다.

3. 이주 시 이주 대상 조선인들은 소유물, 농기구, 동물 등을 소유할 수 있다.

4. 이주민이 두고 간 동산, 부동산, 파종 종자 등은 가격을 계산하여 보상한다.

5. 이주 대상 조선인이 원하는 경우 국외로 떠날 수 있게 하고 간청하는 경우 국경통과규율을 완화한 후 방해하지 않는다.

6. 소베트 사회주의 연방공화국 인민위원회는 이주와 관련하여 조선인들이 일으킬 수 있는 소요와 난폭행위를 제압할 수 있는 조치를 강구한다.

7. 카자흐 소베트 사회주의 공화국과 우즈벡 소베트 사회주의 공화국 인민위원회는 정주구역과 지점들을 빠른 시일 내에 선정하고 이주민들이 새 장소에서 경제활동을 재개하도록 보장하고 그들에게 필요한 도움을 줄 수 있는 방안을 마련할 의무를 갖는다.

8. 교통인민위원회는 조선인 이주민들과 그들의 소유물을 극동지방에서 카자흐 소베트 사회주의 공화국과 우즈벡 소베트 사회주의 공화국으로 이송하는 데 있어 극동지방 집행위원회의 신청서에 따라 제때에 객차를 공급할 의무를 갖는다.

9. 전 소연방 공산당(볼셰비키) 극동지방 공산당과 극동지방 집행위원회는 3일 내에 이주대상 가구와 인원의 정확한 수치를 산출하여 통지할 의무를 갖는다.

10. 이주과정, 출발구역에서 떠난 인원, 이주구역으로 도착한 인원, 국외로 내보낸 인원에 대하여 10일 이내에 전화 보고한다.

11. 조선인을 이주시키는 구역에 대한 국경수비 강화를 위해 국경수비병력 3,000명을 더 증가시킨다.

12. 소베트 사회주의 연방공화국 내무인민위원부는 조선인들이 떠난 장소에 국경수비대원들의 배치를 허락한다.

소베트 사회주의 연방공화국 인민위원회 의장 몰로토프

전 소연방 공산당(볼셰비키) 중앙위원회 서기장 스탈린

(3항, 4항, 5항, 7항은 지켜지지 않은 크렘린의 결의안이었다)

지령은 모든 공산당 조직을 숨가쁘게 움직였다
강제이주 열차가 시베리아 철로를 달려야 하는 것이다
크렘린의 음흉하고 잔인한
눈초리들이 극동을 노려보는 것이다
극동은 숨죽이고 그들의 눈초리를 피하고 싶었다

극비 문서 한 장이 불러올 비극적인 역사!
극비 문서 한 장이 불러올 참혹한 죽음의 처절한 비명!

연해주 거주 한인 20만 명의 운명을
극비 문서 No.1428-326cc가 쥐고 있었던 것이다
극비 문서는 즉시 실행에 옮겨졌다
강제이주를 위해서 감언이설로 한인들을 설득하는 일
도 없었다
크렘린의 강제이주 결의안을 통보하는 것으로 모든
게 끝이었다

1937년 9월 1일, 첫 통보의 날이었다
우수리주의 여러 구역에서 한인들을 모았다
공회당으로 모여든 한인들 눈빛이 불안에 떨었다

강제이주 통보는 날벼락이었다

집단 농장의 사내가 흥분해서 외쳤다

당은 우리 조선인 공산주의자를 믿지 않는다

한인을 추방하는 이유는 단 하나 얼굴색이 다르기 때문이다

이런 개 같은 일이 어디 있는가

사내의 핏대가 자주 빛으로 변하고 있었다

그로제코보 구역의 사내도 외쳤다

우리는 공산주의자들이다 첩자가 될지도 모른다는 이유로 전 조선인을 이주시킨단 말이냐? 미친 짓이다 우리는 크렘린에 충성한 죄밖에 없다

다른 사내도 외쳤다

우리를 쫓아내는 곳으로 가느니 차라리 여기서 죽겠다 내 죽음을 밟고 가라

또 다른 사내가 외쳤다

이주시키느니 여기서 총살시켜라 나는 폐병쟁이다 그곳은 기후가 나쁜 곳 아니냐 거기서 죽으나 여기서 죽으나 마찬가지다 어서 쏴라

사내는 앙상한 가슴을 풀어헤쳤다

사내들의 외침은 다른 사내들의 가슴을 뜨겁게 뚫고

지나갔다

수이푼 구역의 사내도 외쳤다

올해는 벼농사가 풍작인데 두고 떠나라니, 죽 쒀서 개
퍼 준 꼴이다 착취도 이런 착취는 없었다 우리를 황무지
로 내쫓고 저 들녘의 벼를, 피땀으로 지은 쌀을 너희들
이 먹겠다는 디러운 수작 아니냐 더럽다 정말 더럽다 퉤

사내가 뱉어버린 가래침이 푸른 하늘에 먹물처럼 번졌다

보로실로프시의 사내도 외쳤다

나는 카자흐스탄을 안다 우리들은 그 기후를 견디지
못한다 아이들이 모두 죽어 나갈 것이다 노인도 모두 죽
어 나갈 것이다 이건 야만적이 정책이다 우리 모두를 죽
이려는 것이다 억울하고 분하다 힘없는 민족이라고, 우
리 민족을 인종 청소하겠다는 것 아니냐 스탈린이 직접
설명하라고 해라 나는 죽음이 두렵지 않다

사내의 눈빛이 촛불처럼 흔들렸다

그곳 집단 농장의 사내도 외쳤다

우리는 내내 굶주려오다가 이제 조금 풍족해지고 살
만하게 되니 어딘가로 추방하려는 것이냐 또 다시 굶주

리라는 것이냐 인간이 할 짓이 아니다 너희들이 인간이라면, 아니 스탈린이 인간이라면 이럴 수는 없다

사내의 외침이 들판으로 달려나가다 엎어졌다 엎어진 외침에 피가 뱄다

몰로토프 구역의 사내도 외쳤다

지금 귀신도 모르는 일이 일어나고 있다 내무위원회 산하 기관들이 곧 모든 한인들을 남김없이 잡아들일 것이다 왜 러시아인들은 이주시키지 않는가? 이게 볼셰비키가 말한 평등이냐? 평등? 개나 먹어라 스탈린이 인간이라면 이렇게는 못할 것이다

사내의 외침 속에는 핏발 선 천 개의 눈동자가 서로의 시선을 엮고 있었다

스파스크 구역의 사내도 외쳤다

너희들 맘대로 해라 이주를 시키든 말든 나는 자살해버릴 것이다 내 시신을 끌고 그곳으로 가라

다른 사내도 외쳤다

이주 법령은 당신들의 음모다 당신들은 우리를 데려가서 내팽개쳐버릴 것이다 아니면 군인들에게 우리를 한데

모아 총살시켜버리라고 명령할 것이다 어쨌거나 죽기는
마찬가지 아니냐 여기서 죽는 것이 낫다 여기서 죽여라
　사내들의 외침은 공동묘지에 닿아 눈물로 흘렀다 묘
지석은 없었다

　그렇게 외친 사내들은 어디론가 끌려가서 돌아오지
않았다
　사내들의 외침만이 쓸쓸하게 9월의 연해주를 떠돌았다
　사내들의 절규는 처자식이었으며 연해주의 모든 것이
었다

　연해주의 한인 거주 구역이 무거운 침묵 속으로 빠져
들었다
　아낙들은 우물터에서 두려운 눈빛을 주고받았다
　사내들은 어둠 속에 삼삼오오 모여 귀엣말을 건넸다
　모든 한인 거주 구역에 강제이주가 사전 통보된 것은
아니었다
　짧은 기간에 이루어져야 하는 일이어서
　열흘 전에, 일주일 전에, 사흘 전에
　심지어 하루 전에 통보되는 구역도 있었다
　음모는 어둠이었고 어둠은 질기고 두려웠다

한인들을 중앙아시아로 싣고 갈 열차*가 시베리아 횡단철로 위를

거칠게 달려 극동 지역으로 이동하기 시작했다

　　　*

1차 강제이주 대상이 된 포시예트는 적막했다
거리에 사람들의 발소리가 사라지고
검은 지붕들이 낮게 골목을 끌어안았다
지붕 위에, 골목길에 달빛 교교했다

예카테리나는 빅토르의 손을 놓았다
오빠, 포시예트 한인들이 제일 먼저래 두려워
예카테리나, 두려워 마라 인민을 위한 크렘린의 정책을
믿어보자
오빠는 청년당원이니까 그렇게 말할 수 있을 거야

* 한인 강제이주는 스탈린의 명령으로 예조프의 책임하에 소련 내무성 극동분국과 운수성 극동분국이 공동으로 수행하였으며, 이 작업을 총지휘한 사람은 내무성 극동분국의 책임자인 류슈코프였다. 그는 극동에 부임하기 직전 스탈린으로부터 한인 강제이주에 대한 특명을 받았다.

예카테리나는 빅토르를 올려다본다
달빛이 그의 이마를 환하게 비춘다
그는 예카테리나의 맑은 눈을 본다
그녀의 눈빛이 파르르 떨린다
커다란 눈에 눈물이 고인다

열엿새 달빛이 그녀의 눈물을 문다
그녀가 고개를 꺾는다
그는 그녀의 어깨에 손을 얹는다
그녀의 가녀린 어깨가 순간 경련한다

멀리 포시예트 항구의 불빛이 아른거린다
밤이 포시예트항을 깊은 적막으로 끌고 간다
포시예트 구역의 한인들을 싣고 떠날
군함 몇 척, 환하게 불 밝혀
검은 바다에 불빛을 쏟고 있다
귀뚜라미가 계절의 끝을 부른다 절절하다
한기가 그녀의 원피스를 파고든다
레이스가 촉촉이 젖는다

바람의 투명한 날개가 예카테리나를 스쳐 빅토르에

닿는다

바람의 투명한 날개에 실려 온 예카테리나의 살구향이

그의 갈색 피부로 스민다 그가 전율한다

달빛이 슬몃 자리를 옮겨 앉는다

차가운 달빛이 연인 사이를 강물로 흐른다

달빛 강물 위로 하염없이 떠내려가는 청춘이 안쓰럽다

달빛 아래 자작나무 숲이 아련하게 서 있다

달빛은 언제나 대지를 꿈꾸게 한다

꿈꾸는 대지 위에 마주 서 있는 젊음이다

꿈꿀 수 없는 청춘, 꿈꿀 수 없어 서러운 청춘이다

예카테리나가 고개를 숙인다

눈물방울이 빅토르 발등에 떨어진다

새처럼 작은 몸으로 불어닥칠 시련을 어찌 감당할지

그의 가슴이 아려온다 달빛이 그녀의 어깨를 짚는다

그녀의 좁은 어깨가 달빛에 출렁인다

그는 입술을 깨문다

비릿한 핏물이 입안에 고인다

*

포시예트항에는 해군 군악대가
행진곡을 연주하고 있었다
축제처럼 강제이주가 시작된 것이다
축제처럼 죽음의 여정이 시작된 것이다
느럼과 큰북 소리가 군함을 오르는
강제이주 한인들 무거운 발걸음을 밀어 올렸다
발걸음은 납덩이였다
갑판에 납덩이가 쌓였다

이틀 전에 강제이주를 통보받은 한 아낙은
불평할 여유도 없이 허둥대며 이삿짐을 쌌다
아낙의 사내는 귀를 의심했다
중앙아시아, 그 멀고 험한 땅으로 식솔들을
무사히 데리고 갈 수 있을지
뜬눈으로 밤을 밝혔다
어린것들을 껴안고 새벽을 맞았다
노인은 얼이 나갔다
사내의 손을 잡고 물었다
가는 곳이 어드메냐

중앙아시아 어디랍니다

나는 안 간다

가셔야 합니다

나는 해소가 깊다 여기서 죽는 게 낫다

안 됩니다 두고 갈 수 없습니다 가다 죽어도 떠나야
합니다

추수할 벼는 어쩌고

벼도 도야지도 가구도 땅도 모두 놓고 가랍니다 보상
해준답니다

그것을 믿느냐

믿을 수밖에 없습니다

사내는 노인을 설득하느라 입안이 말랐다

저 병든 몸으로 중앙아시아, 그 척박한 풍토를 견딜
수 있을지

사내는 울컥 온몸이 쏟아진다

사내는 이삿짐을 끌어안고 출렁인다

노인이 사내의 등을 토닥인다

가자, 우지 마라 애비야 애비야 우지 마라

잘 모시고 가겠습니다

내가 일찍 죽는 게 잘하는 일이다

솥단지와 보퉁이 몇 개, 솥단지 안에 놋요강이 챙강거

린다

　우선 먹을 비상식량 두어 말, 옷가지 몇 장

　문밖에 내놓으니 남루하다

　집집마다 남루한 보퉁이들이 문밖으로 나앉는다

　보퉁이 옆의 식솔들은 더 남루하다

　햇빛 아래 남루하지 않은 무엇이 있어 우리를 구원한

다는 말인가

　빅토르는 생각한다

　남루한 게 우리들의 생이다

　강제이주, 이보다 더 남루할 수는 없다

　이리저리 찢기는 바람이다

　바람은 방향이 없다

　방향이 없으니 종착지도 없다

　중앙아시아가 종착지는 아니다

　종착은 남루의 끝일 것이다

　남루는 함경도였을 것이고

　노비였던 할아버지의

　할아버지도 가져보지 못한 족보였을 것이고

　낯선 땅 연해주였을 것이다

한 여자의 남루는 더 말할 수 없다
찬 방에서 예카테리나의 태를 손수 잘랐던
아낙의 남루는
눈물이라고도
비통이라고도
절망이라고도
이름할 수 없는 지독한 통증이며 희열이었다

계집아이의 첫울음은 얼마나 큰 축복이었던가

군용 트럭이 마을 어귀에 섰다
군인들이 들이닥쳐 마을 사람들을 개처럼 몰아 트럭
에 태웠다
아이들이 울음을 터뜨렸다
아이들의 어미들도 울음을 터뜨렸다
사내들도 눈물을 글썽였다
군인들은 험악했다
방아쇠에 손가락을 걸고 마을 사람들을 몰았다
누구도 저항하지 않았다
온순하게 그들의 차가운 눈빛을 따라 움직였다

계집아이의 첫울음은 환희였다

식솔들이 떠난 후 오래도록 계집아이의 첫울음은

낡은 목조 주택을 맴돌 것이다

희망이었던

내일이었던

계집아이의 첫울음 소리를 어찌 잊을 수 있을지

울음소리는 홀로 떠돌며 쓸쓸히 나이 먹어갈 것이고

낯선 문지방을 넘다 온몸에 시퍼런 멍을 무늬 놓으며

홀로 추운 별빛을 부를 것이다

희망은, 내일은 그렇게 덧없이 시들어갈 것이다

엄마는 기억을 흔들어 지우며 묻는다

예카테리나야, 아빠는 어디서 만나게 되니?

출어 중인 어선들은 블라디보스토크로 귀항한댔어요

어긋나지는 않겠지?

그럼요

불안하기는 예카테리나도 빅토르도 마찬가지였다

이 착란 속에 운명이 어긋나지 않기를 바라는 게 기적

일 것이다

예카테리나는 빅토르를 쳐다본다

빅토르는 미소를 짓는다

그의 미소가 공허하다고 그녀는 느낀다

그녀는 불안했다
불안은 그녀의 발걸음을 허방다리에 놓았다
그녀는 몸의 중심이 무너지는 것을 느낀다
휘청, 그녀는 그에게 기댄다

군함은 강제이주 한인들로 찼다
여기저기서 날카로운 호각 소리가 울렸다
군인들이 갑판을 발로 쾅쾅 차며 목에 핏대를 세웠다
강제이주 한인들은 이리 몰리고 저리 몰리고
우리 안에 갇힌 양떼였다
검고 불안한 눈빛들과 아이들의 악다구니 울음이
갑판을 굴러다녔다

백야를 끝낸 해의 길이는 눈에 보이게 짧았다
한낮이 되면서
배안은 질서를 되찾고 있었다
수백 명의 한인들 검은 눈빛이
군함의 갑판에 박혀 떨고 있다
누구도 군함이 몇 시에 출항하는지
기항지는 어딘지 묻지 않는다
예카테리나는 선수 쪽 갑판에 자리를 잡았다

빅토르가 무거운 짐들을 들어주어
가까스로 승선을 마쳤다
어머니는 갑판에 털썩 주저앉았다
막내 여동생 로자는 울다 지쳐 잠이 들었다
캄차카로 출어 중이었던 아빠는
강제이주 소식을 듣기나 했을지
그녀의 커다란 눈에 눈물이 가득 고인다
한낮의 햇빛에 눈물이 영롱하게 매달린다
투명한 보석이다
투명하여 서러운 보석이다
투명하여 서럽고 두려운 보석이다
빅토르의 가슴으로 아무르만의 해풍이 쓸고 지나간다
해풍의 끝에 안개가 피어오른다
안개는 삽시간에 아무르만을 덮친다

바람이 거세다
아무르만의 파도가 군함의 좌현을 쉬지 않고 강타한다
군함이 천천히 움직이기 시작한다
선단을 이룬 군함이
포시예트항을 빠져나간다
자우룩한 안개 속에

강제이주의 물길이 열린다

사내들은 말없이 다가오는 물너울을 보고 있다

거대한 군함이 너울에 얹혀 부침을 계속한다

사내들은 생각한다

우리들의 운명이 저럴 것이야

격랑에 떴다 가라앉고 떴다 가라앉고

그러다가 혼절하고 다시 일어나고

사내들은 검은 낯빛의 아낙들을 본다

아낙들은 조용히 입꼬리를 내린다

슬픔을 지그시 누르고 있는 웃음이다

어떤 아낙은 아이의 머리를 하염없이 쓸어주고

어떤 아낙은 야윈 손으로 하염없이 머리를 빗는다

사내들의 얼굴은 물빛이 되어간다

오빠, 블라디보스토크에 언제쯤 닿을까

한 시간 후면 닿을 수 있겠다 멀리 육지가 보이지?

그렇구나, 블라디보스토크항에 닿으면 오빠는 우수리
스크로 가

아빠와 길이 어긋날 수도 있잖아

그런 불길한 상상은 하지 마

이건 작은 시련일 수 있어 앞으로 더 견디기 힘든 시련

이 닥칠지 모른다
　　그 시련이 뭔데?
　　러일 전쟁의 재발이야, 러일 전쟁이 재발한다면 그건
인류의 재앙이다
　　두 젊은이 사이에 침묵이 흘렀다
　　침묵은 무겁고 불길했다
　　예카테리나는 순간 몸을 떨었다

　　　　　　*

　　군함이 부두에 접안하며 긴 고동을 울렸다
　　배가 정박할 때까지 누구도 일어나지 말라
　　사병들이 빠르게 움직이기 시작했다
　　블라디보스토크항은 드문드문 가로등이 켜지고 있다
　　도시의 윤곽이 어슴푸레 보인다
　　부두는 환하게 불 밝혔다
　　경비병들이 삼엄한 경계를 서고 있는 부두로
　　검은 얼굴들이 겹겹이 쌓인다
　　겹겹의 검은 얼굴들은 느리게 움직인다
　　노인과 어린아이와 아낙들의 발걸음이 유난히 느리다
　　사내들은 언제부턴가 말을 잃었다

사내들의 시선은 인솔 군인의 총부리에 닿아 있다

부두에는 수십 대의 군용 트럭이 질서 정연하게 서 있다
예카테리나는 두려운 눈빛으로 부두를 밟았다
아빠를 찾았다
보이지 않았다
인솔 군인에게 물었다
캄차카로 출어했던 어선은 어디에 있나요
캄차카? 모른다
블라디보스토크항으로 들어온다고 했어요
나는 그런 말한 일도, 들은 일도 없다
아빠를 만나야 해요
인솔자는 귀찮은 듯 자리를 떴다
예카테리나는 빅토르의 손을 잡았다
두 사람은 부두를 돌았다
아버지는 보이지 않았다
속은 거야
우리를 속인 거야
아빠는 지금도 캄차카 바다에 계신 거야
아무 것도 모른 채 그물을 내리고 계신 거야
가족들이 중앙아시아로 쫓겨 가는 것도 모르고 계신

거야

　예카테리나는 혼이 나간 사람처럼 중얼거리며 부두를
헤맸다

　모든 중년 남자들이 아빠로 보였다

　희망이었던 아빠, 덧니의 환한 웃음은 끝내 보이지 않
았다

　검은 얼굴들이 수심 그득한 어깨를 모으고 있는 부두는
삭막했다 아니다 적막했다

　수백 명이 모여 있지만 아무도 말소리를 내지 않았다

　죽음처럼 고요했다

　죽음처럼 엄숙했다

　죽음처럼 황망했다

　엄마는 허둥댔다

　남편을 만나면 이 혼란스런 상황을

　수습할 것이라고 믿었던 엄마였다

　엄마는 로자를 안고 있는 예카테리나를 껴안았다

　엄마, 걱정 하지 마, 아빠는 꼭 우리를 찾아오실 거야

　그럴까, 예카테리나 아빠가 우리를 찾을 수 있을까

　그럼, 이제 트럭을 타야 돼

빅토르는 이삿짐을 트럭으로 옮겨 실었다

트럭에 오르던 예카테리나가 빅토르의 손을 잡았다

오빠 고마워, 중앙아시아에서 서로 끝까지 찾자 꼭 만

나야 해

예카테리나, 나 같이 간다 너만 보낼 수 없어

빅토르는 트럭에 훌쩍 올랐다

예카테리나의 눈동자가 커졌다

한인을 태운 트럭 수십 대가 비포장도로를 달렸다

흙먼지가 자우룩하게 일었다

어둠이 연해주를 덮기 시작했다

어둠 속에 어둠의 무더기로 서 있는 자작나무 숲은

새들에게 작은 가지들을 내주기 시작했다

새들도 질주하는 트럭들을 불안하게 지켜봤다

새들은 작은 가지들을 이리저리 날았다

한 시간 남짓 달린 트럭이 속력을 줄였다

불빛이 환했다

라즈돌리노예역 광장이었다

광장에는 수백 명의 한인들이 실려와 있었다

수송을 맡은 경비병들이

가족별로 호명을 하고 있었다

포시예트 구역에서 실려 온 한인들은

계획대로라면 블라디보스토크역에서 승차해야 옳았다

무슨 이유에선지 승차역이 라즈돌리노예역으로 바뀐
것이다

설명되지 않는 바퀴가 구르는 것이고 납득되지 않는
선로가 뻗어가는 것이다

모든 질서가 무너지고 모든 일상이 거꾸로 처박히는
착란의 시간들인 것이다

검은 얼굴들은 줄을 서서 호명을 기다렸다

검은 얼굴들을 태울 기차가 역의 플랫폼에 서 있었다

경비가 삼엄했다

경비병들이 분주하게 움직였다

라즈돌리노예역은 긴장감에 싸여 있었다

구릉을 넘어온 어둠이 역 광장 멀리서 서성거리고 있
었다

바람의 옆구리에 구멍이 뚫려 있었다

구멍 때문에 바람의 방향이 수시로 바뀌는 것이었다

역 광장은 임시로 설치한 조명으로 환하게 불 밝혔다

군용 트럭들도 라이트를 켜 광장을 쏘았다

광장에는 여러 갈래의 불빛이 서로를 통과하며 여러
방향의 그림자를 남겼다

어둠 속에 겹쳐 있는 검은 얼굴들은
표정이 없다 죽은 자들의 얼굴이거나
죽음을 앞둔 자들의 얼굴이다
무표정의 검은 얼굴들은 라즈돌리노예역의 어둠과 섞
인다
어둠이 한 장 오면 검은 얼굴이 한 장 온다
어둠의 얼굴을 시베리아 횡단열차가 한 장씩 거둔다

라즈돌리노예역의 어둠은 불 밝혀진 어둠이다
먹빛 침묵이 번진다

4. 아무르강의 속울음

강제이주 시베리아 횡단열차 1호는
두려움이었다
분노였다
절망이었다
유형의 길이었다
한인들이 걸어 들어가야 할 끝없는 나락이었다

승차 직전 공민증을 경비병들에게 빼앗겼다
공민증은 한인들의 생존 끈이었다
귀화 한인들의 안전띠였으며 여행과 이주의 담보였다
소비에트 연방의 국민 된 자며 레닌의 추종자였음을
증거하는 문신이었다
공민증은 굴욕이었으며 유랑의 흔적이었다
고국으로부터 주어진 상처였으며 천형이었다
공민증 없는 몸은 영혼을 따라 어둠을 밟을 수 없었다

공민증의 박탈은 이 모든 것들로부터의 해방이었다

해방은 서글펐다

해방은 서러웠다

한인들은 짐짝처럼 열차 안으로 부려졌다

열차 안은 허술하기 짝이 없었다

승객을 태우는 여객열차가 아니었다

소와 말과 돼지를 수송하는 화물열차를

널빤지로 막아 바람을 견디게 한 개조열차였다

개조열차의 황량함이 강제이주 한인들의 상징이었다

생이 얼마나 허술하게 흘러가게 될지 말해주고 있었다

불길한 예감은 열차를 선로 속으로 가라앉혔다

한 량에 네 가구를 승차시켰다

네 가구가 고향에서 가지고온

이불 보퉁이, 가재도구, 옷 보따리,

식량 자루로 열차 바닥은 어지러웠다

첩첩한 검은 얼굴들, 떨고 있는 붉은 눈빛은 더 어지러
웠다

여기저기 한숨 쌓이고

짐들 사이의 틈을 비집고 노인들이 풀기 없는 몸을 뉘
었다

두 가구는 바닥에, 두 가구는 2층에 자리를 잡게 했다

노인이 있는 가구는 바닥의 공간을 고마워했다

역을 밝히고 있는 불빛으로 열차 안은 어슴푸레 검은 얼굴들이 떠 있었다

작은 원형 난로 하나가 가운데 놓여 있을 뿐

열차 안은 두려운 침묵의 폐쇄 공간이었다

조용하고 무기력한 승차가 시작되면서

경비병들의 눈초리가 더 삼엄해졌던 하루였다

승차한 한인들은 어떤 이유로든 열차 밖으로 나갈 수 없었다

열차 안이 유형지였다

뼈가 시려오는 걸 애써 감추고 있는 사내들이었다

예카테리나 가족이 승차하지 못하고 있었다

빅토르를 함께 승차시킬 수 없다는

경비병의 완강한 태도는 바뀔 것 같지 않았다

빅토르는 목에 핏대를 세워 동승 이유를 설명하고 있었다

그는 답답하고 초조했다 경비병은 그의 처지를 즐기고 있었다

나는 예카테리나와 함께 가야 한다

너의 가족은 이번 열차가 아니다

나는 이 가족을 보호하여 중앙아시아까지 가야 한단 말이다

너는 이 가족이 아니다

경비병은 완강했다

나는 예카테리나의 약혼자이고 예카테리나 아버지는 캄차카에서 돌아오지 않았다

그래도 너는 아니다

나는 예카테리나 가족을 보호해야 할 의무가 있다

네가 왜?

나는 이 가족의 보호자니까

네가 약혼자라는 걸 증명해라

나와 약혼한 예카테리나가 여기에 있지 않은가

어떻게 믿을 수 있는가

믿을 수 없다는 말은 믿고 싶지 않다는 뜻이다

바위처럼 묵직하고 견고한 경비병을 움직이지 못하면 예카테리나를 중앙아시아까지 보호할 수 없다

빅토르는 초조하게 주머니를 뒤진다

당원증이다 이 당원증이 구원이 될 수 있을지 모른다

여기 내가 공산당 청년당원이라는 증명서가 있다

어디 보자

이래도 내 말이 믿기지 않나
조선사범대학 학생이군 청년당원 가입은 언제인가
대학 입학하자마자 가입했다
경비병은 볼셰비키 신봉자임에 틀림없었다
경비병은 어깨를 으슥하며 빅토르의 어깨를 쳤다
이제는 믿을 수 있다 승차해라
빅토르는 허딜했다 발길음이 잠시 휘청기렸다

                    *

예카테리나는 눈물이 핑 돌았다
그녀는 열여덟이었다
열여덟은 보랏빛 라벤더 향기였으며
열여덟은 순백색 꽃구름 드레스였다
그 열여덟이 먹구름 속으로 떠밀려 가는 것이다
예카테리나 가족이 승차한 객차는 서른일곱 번째 칸
이었다

빅토르는 어둠을 더듬어 비어 있는 공간을 찾았다
어둠 속에서 검은 얼굴들이 검은 눈빛으로
늦게 승차한 예카테리나 가족을 주시하고 있었다

바닥 자리가 비어 있었다

바닥의 빈자리에 어둠이 고여 있었다

어둠은 조용히 눈을 들어 네 사람을 맞았다

이 어둠이 시베리아 횡단열차의 동행자가 될 것이다

어둠은 모든 것을 볼 것이다

어둠은 모든 소리를 들을 것이다

어둠은 모든 영혼을 읽을 것이다

어둠은 홀로 몸을 떨며 참혹한 강제이주의 현장을
문신으로 새겨둘 것이다

문신은 더러운 역사의 증언으로 영원히 남을 것이다

어둠은 사내들이었다 사내들 가슴이었다

호루라기 소리가 날카롭게 울렸다

호루라기 소리에 어둠이 찢겨 나갔다

어둠이 찢긴 자리에 경비병들의 총구가 어둠 뒤의 어
둠을 겨냥하고 있다

호루라기 소리가 계속해서 날카롭게 울렸다

이어서 귀청을 찢는 총소리였다

예카테리나는 파르르 떨었다

열차의 모든 사람들이 돌처럼 굳어졌다

예카테리나가 빅토르에게 두 손을 내밀었다

빅토르는 예카테리나의 손을 힘주어 잡았다

엄마는 로자를 깊이 끌어안았다

예카테리나는 엄마의 손끝이 가늘게 떨리고 있는 것을 보았다

엄마의 어깨를 감싸 안았다

작고 앙상한 어깨가 안쓰러웠다

더 이상 총소리는 나지 않았다

유예된 총소리가 무거운 불안으로 한인들을 옥죄었다

어둠이 두터워진 어깨를 열차 안으로 밀어넣었다

밤이 깊어갔다

달이 휘영청 밝았다

달빛이 멀리 자작나무 숲을 느슨하게 물고 있다

고즈넉한 자작나무 숲은 세상의 모든 비밀을 침묵 속에 묻고 싶은가 보다

시베리아 횡단철로 위에 내려앉은 흐린 달빛을 비스듬히 보고 있다

엄마는 뼈로부터 근육이 모두 이탈된 듯 위태로워 보

였다
　예카테리나는 엄마에게서 로자를 받아 안았다
　엄마의 핏기 없는 얼굴이 불빛에 반쯤 가려 섬뜩했다

　로자의 볼로 눈물 한 방울 떨어졌다
　예카테리나는 급히 로자의 볼을 훔쳤다
　로자가 움찔하고는 다시 잠 속으로 빠졌다

　며칠이고 움직이지 않을 것 같던 열차가
　마지못해 떠나는 듯 천천히 움직이기 시작했다
　기적 소리도 없이 시베리아 횡단열차는
　중앙아시아를 향해 운명의 쇠바퀴를 미는 것이다
　죽음 같은 침묵을 뒤에 두고 시베리아 횡단열차
　느릿느릿 플랫폼을 벗어나
　어둠 속으로 뻗어 나간
　평행의 철길을 밟는 것이다
　철길은 느릿느릿 기관차를 향해 다가온다
　느릿느릿 다가오던 철길은 차츰 속도를 얻어
　씩씩거리며 달려오다 씩씩거리며 달려간다
　기관차에서 뿜어져 나오는 흰 연기가 점점 거세어진다

빅토르는 멀어져가는 라즈돌리노예역을 본다
중앙아시아로 강제이주되는 한인들을
첫 열차에 실어 보내고 있는 라즈돌리노예역이다
한인 강제이주의 비극적인 현장을
라즈돌리노예역은 지켜보고 있는 것이다
아니다 젊은 빅토르가 역사의 현장 속에서
역사의 더러운 문맥을 읽고 있는 것이다
그는 전율한다
오늘의 참담함을 잊지 않으리라
라즈돌리노예역이 어둠을 밀어내느라 필사적이다
역 광장을 밝히고 있는 불빛으로는
밀려드는 어둠을 밀어내지 못할 것이다
군용 트럭들이 할 일을 다했다는 듯
흙먼지를 일으키며 광장을 뒤로 하고
어둠 속으로 달려나간다 헤드라이트가
어둠을 깊이 찔러 길을 벌린다

불 밝히지 않은 실내는 적막하다
어린것들이 칭얼대는 소리가 가끔 들릴 뿐
누구도 침묵을 깨지 못한다
침묵의 두려움 때문이다

달빛이 라즈돌리노예 강물을 흐른다

강물에 비낀 달빛이 열차 안으로 슬며시 들어온다

사내들의 검은 얼굴에 강물 비껴온 달빛이 사선을 긋
는다

사내들의 눈빛이 깊고 어둡다

깊고 어두운 눈빛이 달빛에 출렁인다

깊고 어두운 분노와 체념이 출렁인다

두려움과 염려스러움을 담고 있는 저 눈들

어제와 오늘을,

그리고 울울한 내일을 담고 있는 저 눈들

라즈돌리노예강이 강제이주 열차를 쫓는다

강폭을 좁히기도 하고 넓히기도 하며 검은 얼굴들을
쫓는다

달빛은 교교하다

달빛은 강물 위에서 잘게 부서지기도 하고

자작나무 숲에 찬 볼을 오랫동안 부비기도 한다

강안을 병풍처럼 두르고 있는 자작나무 숲에는

밤의 정령들이 달빛 밟기를 하고 있는지

수런수런 자작나무 잎들이 잠들지 못한다

강제이주 열차는 어둠을 가르며 북쪽으로 질주한다
　북쪽은 우수리스크고 하바롭스크고 브레야고
　더 북쪽은 치타고 이루크츠크고 크라스노야르스크고
　마침내 노보시비르스크일 것이다
　노보시비르스크에서 열차는 남으로 방향을 바꿀 것
이다
　그쯤서 시베리아를 버리고 중앙아시아로 달려갈
　강제이주 열차다 강제이주 열차의 사나운 질주다
　라즈돌리노예역의 어둠을 두고 출발한 지 얼마 되지
않아
　우수리스크의 불빛이 보인다

　열차의 쇠바퀴 구르는 소리를 세며 사내들은 어둠을
응시한다
　노인들 앓는 소리가 어둠을 비틀고 바튼 기침소리가
정적을 깬다
　아이들이 잠결에 엄마를 찾는다
　아낙들은 어린것들 칭얼대는 소리에 젖을 물리고
　등을 토닥인다 그것으로 열차 안은 다시 조용해진다
　멀리서 다가오던 지명 우수리스크,
　도시는 어둠 한 장으로

낮은 건물과 잠든 사람들을 덮고 있다
깨어 있는 창에 따스한 불빛이 졸고 있을 뿐
우수리스크역은 시베리아 횡단열차를
잠시 잡는 듯하다 순식간에 철로 위에 뿌린다
열차가 사라지면
역을 밝히고 있던 불빛도 사라진다
불빛이 사라지면 지명도 사라지고
지명이 섰던 자리에 자작나무 숲이 들어서는 것이다

　　　　*

열차는 어둠을 밀고 계속해서 북쪽으로 질주한다
새벽이 희붐하게 밝아온다
강제이주 시베리아 횡단열차의 첫 밤,
북쪽으로 놓인 철길 위에서 밝아오는 것이다
예카테리나는 빅토르의 어깨에 기대 눈을 떴다
악몽을 꾸고 있는 것이리라
그녀는 머리를 쓸어 올리며 생각한다
로자는 엄마 품에 잠들어 있다
엄마는 잠든 로자의 얼굴을 하염없이 보고 있다
이 어린 생명을 어찌할 것인지요 천주님
주르륵 눈물이 흐른다

예카테리나는 엄마를 뒤에서 안는다
그녀의 어깨가 낮게 출렁인다
빅토르는 조용히 일어나 문 쪽으로 간다
문을 밀고 밖을 본다
지평선 위에 붉은 기운이 부챗살처럼 퍼진다
가슴이 뛴다
그는 예카테리나를 눈으로 부른다
예카테리나가 그에게 다가온다
광휘로운 붉은 기운,
그녀 가슴이 뛴다
새로운 태양이,
오늘, 오늘의 태양이 솟아오르는 것이다

지평선 위로 붉은 태양이 불끈 솟아오른다
광활한 대지가 붉게 물든다
대지 위의 모든 것들이 경건해진다
바람도 조용히 대지에 엎드린다
자작나무 숲도 정갈하게 대지에 엎드린다
늪지도 겸손하게 대지에 엎드린다

사람, 사람은 한 영혼을 위해 대지에 경배한다
그리고 가슴에 두 손을 모은다

지평선이 붉게 타오르고
자작나무 숲이 붉게 타오르고
늪지가 붉게 타오르고
마침내, 사람의 가슴이 붉게 타오른다

빅토르와 예카테리나는 서로의 몸으로 건너가는
영혼을 보고 있다 서로에게 영혼을 보내며 몸을 떤다
몸이 황홀한 떨림 속에 서 있는 것이다
영혼은 누구에겐가 헌정되는 것이다
강제이주 시베리아 횡단열차가 질주하는 철길 위에서
젊은 영혼은 서로에게 영혼을 헌정하며 떨고 있다
서로에게 헌정된 영혼을 지킬 수 있을지
두려운 젊은 연인들이다
영혼을 지키지 못하게 하는 역사가 있다는 걸
영혼을 지키지 못하게 하는 붉은 세상이 있다는 걸
짐작하지 못하는 젊은 영혼들이었다

실내가 환해지며
동승한 일행의 모습이 드러난다
하나같이 검은 얼굴이다 그러나
밤을 견디어냈다는 안도의 표정이다

첫 밤을 철길의 굉음과 불면으로 지새우고 맞은
시베리아 횡단철로 위에서의 첫 아침이다
아낙들은 보퉁이에서 먹거리를 찾는다
사내들은 무연히 밖을 내다본다
노인들은 미동도 하지 않는다
아침잠을 깬 아이들이 밥을 달라고 조르기 시작한다
아이들 밥 달라는 소리는 듣기 좋은 악장이었다
밥은 목숨이고
밥은 오늘이고
밥은 혈육이고
밥은 함박웃음이어서
살아 있음의 찬가이다
그 찬가로 아침이 시작되는 것이다
절망의 공간을 깨뜨리는 아이들, 목숨의 찬가는 사내
들을 떨게 한다
아이들이 허기를 채우고 노인들이 깊은 눈길로 아이
들을 보고 있다

해가 중천에 묶였다
자작나무 숲이 때론 근경으로 때론 원경으로
다가오고 밀려갔다
숲은 푸르름을 버리기 시작했다

숲은 스스로 돌아갈 시간을 알아
몸을 가벼이 두는 것이다
몸이 가벼워지지 않으면 떠날 수 없는 것을
자작나무 숲은 알고 있었다
노랗게 물들고 있는 자작나무 숲이다
연두에서 연초록, 초록을 거쳐 진초록으로
무거워지던 숲, 그 무거움을 내려놓기 위해
뿌리를 재우고 햇빛을 멀리한 것이다

           *

1937년 9월 3일,
러시아 교통인민위원부는 강제이주 열차 수송 예정표*
를 극비 문서로 작성했다
9월 9일 출발 예정이던 갈렌키역, 크노링역, 스비야기
노역의 열차는
예정대로 출발되지 않았다

• 앞의 책, pp128-129.
  이 예정표에 의하면 1차 강제이주는 9월 9일부터 9월 23일까지 모든 수송을 끝내는
  것으로 계획되어 있지만 실제로는 9월 10일에 시작되어 9월 21일에 모든 수송을 끝
  낸 것으로 기록되어 있다. 2차 강제이주는 9월 24일부터 10월 25일 사이에 이루어
  졌다. 이는 연해주에서 강제이주 한인들을 실은 열차의 출발이 완료되었다는 의미이
  며 이주지역인 카자흐스탄과 우즈베키스탄에 도착되기까지는 40여 일이 걸렸다.

9월 10일 출발 예정이던 라즈돌리노예역의 열차가
강제이주 열차 1호가 된 것이다
무엇이 예정된 길을 뒤집어 운명을 느닷없이 바꿔놓는
지 알 수 없다
연해주에서 6,000킬로미터 떨어진 황무한 땅
꿈에라도 가보지 않은 두려운 땅
수많은 강을 건너, 수많은 산맥을 넘어 닿아야 하는 땅
한인들 지도에는 없는 불모의 땅
한인들 지도에는 없는 저주의 땅
그 땅을 향해 검은 얼굴들을 싣고 강제이주 열차는
질주하는 것이다

1937년 9월 10일,
한인 강제이주 시베리아 횡단열차 1호는 라즈돌리노
예역을 출발하여
중앙아시아를 향해 질주하고 있다
한인 강제이주 시베리아 횡단열차 2호와 3호는 갈렌
키역에서 출발하여
중앙아시아를 향해 질주하고 있을 것이다

한인 강제이주 시베리아 횡단열차 4호는 크노링역을

출발하여

중앙아시아를 향해 질주하고 있을 것이다

한인 강제이주 시베리아 횡단열차 5호는 스비야기노역
을 출발하여

중앙아시아를 향해 질주하고 있을 것이다

한인 강제이주 시베리아 횡단열차 6호는 노보-벨리마
노프카역을 출발하여

중앙아시아를 향해 질주할 것이다

예정된 운명은 예정된 시공을 향해 가는 것이다

1937년 9월 11일,

한인 강제이주 시베리아 횡단열차 7호와 8호는 예브
게니예프카역을 출발하여

중앙아시아를 향해 질주할 것이다

예정된 운명은 명암을 숨기고 가는 것이다

1937년 9월 12일, 한인 강제이주 시베리아 횡단열차 9
호는 라즈돌리노예역을,

10호는 한크-베드카역을 출발하여 중앙아시아를 향

해 질주할 것이다

1937년 9월 13일, 한인 강제이주 시베리아 횡단열차 11호와 12호가 질주할 것이다

1937년 9월 14일, 한인 강제이주 시베리아 횡단열차 13호가 질주할 것이다

1937년 9월 15일, 한인 강제이주 시베리아 횡단열차 15호, 16호, 17호, 18호가 질주할 것이나

1937년 9월 16일, 한인 강제이주 시베리아 횡단열차 19호가 질주할 것이다

1937년 9월 17일, 한인 강제이주 시베리아 횡단열차 20호, 21호, 22호가 질주할 것이다

1937년 9월 18일, 한인 강제이주 시베리아 횡단열차 23호, 24호, 25호, 26호, 27호, 28호가 질주할 것이다

1937년 9월 20일, 한인 강제이주 시베리아 횡단열차 29호, 30호, 31호, 32호, 33호, 34호가 질주할 것이다

1937년 9월 21일, 한인 강제이주 시베리아 횡단열차 35호, 36호가 질주할 것이다

1937년 9월 22일, 한인 강제이주 시베리아 횡단열차 37호, 38호가 질주할 것이다

1937년 9월 23일, 한인 강제이주 시베리아 횡단열차 39호가 질주할 것이다

예정된 운명은 가혹한 속도 위에 놓여 스스로를 버리
며 가는 것이다

한인 강제이주 시베리아 횡단열차 1호가 질주한다
중앙아시아 그 황무한 땅을 향해 질주한다

검은 얼굴들, 죽음의 질주를
계속할 것이다

＊

라즈돌리노예역을 출발한지 10여 시간
사내들에게 그 10여 시간은 10여 년이었다
밤 지새운 눈빛들이 결기를 버리고 작은 바람에도 떨
렸다

검은 얼굴이 더욱 검어졌다
주름은 그늘을 묻어 그늘의 깊이를 알 수 없게 한다
입술이 나무껍질처럼 말랐다
아내의 허벅지처럼 비옥했던 포시예트의 농토

그물을 던지면 어망 그득 차오르던 희망들
봄 여름 가을 겨울 풍성하던 대지
보는 것으로 즐겁던 이웃들
소와 돼지들, 닭과 강아지들, 연자방아와 우물들
사내들은 그 모든 것들을 지우기 위해 눈을 감는다
그리고 긴 침묵에 든다
아낙들은 사내들의 침묵이 두렵다

우수리스크를 지나며
한동안 따라오던 라즈돌리노예강이 보이지 않는다
강은 태평양으로 빠져나간 것일까
사내들은 빠르게 지나가는 대지를 판자 틈으로 보고
있다
추수를 끝낸 들판은 허허롭다
수로를 따라 갈대가 무성하다
갈대는 햇살을 서둘러 돌려보낸다
짧은 가을날의 바람이 갈대밭을 그냥 지나치지 않았다
바람은 갈대의 여름날 뜨거운 기억을 거두어버렸다
갈대 사이로 언뜻언뜻 강물이 보인다
우수리강이다
강폭이 넓어진다

강물은 가을볕에 몸을 말리며 열차를 따라 흐른다
강물은 갈대숲을 데불고 멀리 들판을 돌아나가 보이
지 않다가
빠르게 달려오기도 한다
사내들은 강물에 신산한 마음을 던져 넣는다
강은 사내들이었던가
하염없이 흐르고 흘러 몸을 불린 강물이었다
가파른 계곡 거침없이 내딛던 젊은 강물이었다
지류를 끌어안고 완만한 호흡을 가다듬던 강물이었다
대지를 적시며 자작나무 숲을 가슴에 안고 도도하던
강물이었다

사내들이 흘러갈 대지는 어디인지
사내들이 끌어안을 대지는 어디인지

하루 사이에 엄마는 급격하게 노화에 든 듯
귀밑머리가 희끗하다
엄마는 로자에게서 눈을 떼지 못한다
몇 끼를 먹지 않고 두려운 시간을 견디고 있는 엄마를
예카테리나는 아프게 본다
아빠는 가족을 찾아올 수 있을까

아빠는 가족들 모두 중앙아시아로 떠난 것을 알까
언제 블라디보스토크로 귀항하는 것일까
오늘? 내일?

빅토르의 고민도 예카테리나의 고민 위에 머문다
빅토르의 가족들은 그가 최초의 강제이주 열차를 탔
으리라고 생각하지 못할 것이나

빅토르의 눈길이 오래도록 자작나무 숲 위에 흔들린다
얼핏얼핏 노랗게 물든 자작나무 숲이 빠르게 스친다
세상이 붉게 물든 것을 축복으로 알았던 그였다
조국 러시아는 우리 한인들에게 가혹하다
빅토르는 어금니를 지그시 문다
철로를 철거덕거리며 달리는 열차의 규칙적인 굉음이
판자벽을 마구 두드린다
그의 가슴이 북처럼 둥둥거린다

사내들은 검은 얼굴로 밖을 본다
판자 틈으로 보이는 풍광은 날카롭게 잘려 있다
사내들은 보이지 않는 밖의 풍광을 본다
사내들이 보는 것은 풍광이 아니다

낯선 땅, 거친 비바람이다
저들이 기름진 땅이라고 선전했던 중앙아시아는
사내들의 마음의 지도에 없다
마음의 지도에 없으니 지상에 없는 땅이다
사내들은 마음의 지도를 그리고
그 지도를 따라 연해주 땅을 찾아온 아버지를 기억한다
가난은 혹독했고
희망은 가혹했던
아버지를 기억한다
그 아버지의 자리에 사내들이 서 있다

                *

사내들의 검은 얼굴이 도시의 유리창에 비낀다
하바롭스크가 새로운 지명으로 다가온 것이다
시베리아 철로는 살아 있는 길이어서
길마다 지명을 거느린다
지명은 수많은 거리를 거느리고
거리는 수많은 창을 거느리고
창은 수많은 숨소리를 거느리며
계절을 향해 열리거나 닫힌다

하바롭스크는 시베리아 횡단철로를 꺾어
서로 보낸다
철로는 급격하게 꺾이며
도시의 창문을 버린다

여자들은 창마다 흰색 커튼을 걸고
작고 붉은 꽃이 핀 화분을 장식하고
눈이 파란 아이에게 젖을 물린다
아이가 젖을 먹는 동안
여인의 허리는 굵어지고
러시아는 굳건해진다

시베리아 횡단철로가 도시의 창문을 버리면
아무르강이 보인다
아무르강은 강제이주 한인들을 싣고 질주하는
시베리아 횡단열차를 강물에 얹는다
열차의 그림자가 강심 깊이 눕는다
열차간마다 가득 차 있는
검은 얼굴들이 강물 속으로 잠긴다
검은 얼굴들 밑으로 푸른 하늘이 깊다
아무르강이 발원지의 작은 물소리를 키우며

계곡을 건너고
협곡을 넘어
대지의 맥박을 온몸에 새길 수 있기까지
상처투성이의 옆구리를 밀며
여기, 하바롭스크까지 왔다

     *

강제이주는 유랑하는 한인들에게
또 다른 아무르강이었다
강물의 지난한 여정이, 그 격랑과 회돌이와 머묾이
유민의 여정이었다 회한이라고, 정한이라고
말하지 말아야 할 아무르강이었다
굽지 말아야 할 곳에서 강심은 아프게 굽어 흘렀고
찢기지 말아야 할 곳에서 강폭은 수없이 찢겨 흘렀고
고이지 말아야 할 곳에서 강물은 무겁게 고여 습지를
이룬
유민의 삶이었다

아무르강은
한인 강제이주 시베리아 횡단열차를 건네주며

제 몸 몇 갈래로, 몇 구비로 찢으며
속울음 울고 있다
우렁우렁 제 속살을 뒤집어 굽이치며 울고 있다

아무르강 속울음 울고 있다

5. 바이칼 호수의 젖은 눈빛

한인 강제이주 시베리아 횡단열차 1호는
하바롭스크 외곽 대피 철로에 멈추어 섰다
강물 소리가 들렸다
강물 소리는 때로 통곡처럼 때로 한숨처럼 들렸다
아무르강은 몸보다 먼저 강물 소리를 강안으로 밀어
올렸다
강물 소리는 자작나무 숲에 얹혔다
강물 소리는 목조 건물 유리창에도 얹혔다
강물 소리는 시베리아 횡단철로의 묵직한 침목에도
얹혔다
강물 소리가 열차를 멈춰 서게 했을 것이다
검은 얼굴들이 쏟아져 나왔다
검은 얼굴은 노인들이었다
검은 얼굴은 사내들이었다
검은 얼굴은 아낙들이었다

검은 얼굴은 아이들이었다
검은 얼굴들이 쏟아져 나와 강물 소리를 따라 뛰었다
아낙들은 열차 밑으로 들어가 강물 소리를 들었다
처녀애들은 멀리 철길을 건너
몸을 숨길 수 있는 곳까지 가서 강물 소리를 들었다
강물 소리는 부끄러움이었다
사내들은 강물 소리가 부끄럽지 않았다
아이들도 강물 소리가 부끄럽지 않았다

예카테리나는 빅토르를 플랫폼에 세워두고
멀리 창고 뒤까지 달려가 강물 소리를 들었다
강물 소리에 검은 흙이 깊이 패고 있었다
검은 흙은 뜨거운 강물 소리에 놀라 몸의 틈을 열었다
그녀는 흙의 몸에 난 틈을 발바닥으로 메웠다
얼굴이 발갛게 물들었다
빅토르는 그녀가 올 때까지 플랫폼에 서 있었다
빅토르는 천천히 열차 사이의 빈 공간으로 걸어 들어가
강물 소리를 들었다 탱탱하던 아랫배가 꺼지며
강물 소리가 멀어져갔다

현지 상인들이 몰려들었다

그들에게 강제이주 열차는 굶주린 짐승이었다

사내들은 검은 얼굴을 좌판 속으로 디밀어

식수를 사고

감자를 사고

마른 흑빵을 샀다

식솔들을 먹일 식료품을 사는 동안 가슴이 따듯해지
는 사내들이었다

사내들은 이웃 칸에 타고 온 친구를 만나고

먹을 것을 나누고

안부를 묻고

농담을 하고

서로의 어깨를 두드리고 각자의 열차를 찾아가

승강 계단을 밟았다

승강 계단에는 불안과 초조가 그대로 깔려 있었다

잠시 밝아지는 듯하던 검은 얼굴들이 더 검게 변했다

열차 안이 어둑해졌다

자작나무 숲은 낮게 떨어지는 시베리아의 9월 햇살을
슬그머니 끌어다 놓았다

검은 얼굴 위로 햇살이 날카로운 빗금을 긋고 지나갔다

깊고 아픈 상처였다

상처는 기억의 힘으로 덧나거나 치유되었다

상처 속에는 이틀 전의 고향집이 풀썩 쓰러지고 있었다

상처 속에는 이틀 전의 집단 농장 트랙터가 벌겋게 녹슬고 있었다

상처 속에는 이틀 전의 포시예트항 어판장의 펄떡이던 생선들이 썩어가고 있었다

이틀 전의 악다구니도, 이틀 전의 삿대질도,

이틀 전의 밥상은 더욱 아득한 그리움이었다

이틀은 사내들, 절망의 시간이었다

이틀은 악몽이었다

악몽은 계속되었다

백야를 지난 가을 해가 황급히 지평선에 걸터앉는다

지평선까지 자작나무 숲이 이어지고 숲은 온통 노랗게 물들어 있다

가을 해는 뜨겁게 건너온 대지가 율려의 박동을 멈추지 않아

지금도 심장이 붉다 산울림과 강물 소리의 밀고 당김, 산맥과 평야의 들숨과 날숨

시베리아의 대지는 거대한 생명력의 율려이다

가을 해는 심장의 붉은 핏물을 자작나무 숲에 뿌린다

노랗게 익어가던 자작나무 숲이 붉게 채색된다

아무르 강물도 붉게 물든다

강물은 수많은 해를 품고 있었다

해 하나에 봄이 오고

해 하나에 여름이 오고

해 하나에 가을이 오고

해 하나에 겨울이 오고

강물은 수많은 계절을 품고 있었다

가을 강이 하바롭스크에 언제까지 머물는지 사내들은 모른다

열차는 이틀 동안 움직이지 않았다

사내들이 수군거리기 시작했다

시간이 흐르며 경비병들의 눈초리도 부드러워지는 듯했다

사내들은 어둔 플랫폼에 모여 밀담을 나누었다

이대로 가면 우리는 모두 죽는다

맞다 개죽음을 당할 수는 없다

여기 하바롭스크가 연해주의 마지막 역이다 여기서 탈주하지 않으면 개죽음이다

그렇다 탈주할 동지들은 역 광장으로 자정까지 모인다

사내들의 눈빛은 붉었다

사내들은 각자의 열차 안으로 사라졌다

열차 안에서 사내들은 사내들에게 탈주 계획을 은밀하게 건넸다

탈주 계획을 듣는 것으로 몸을 떠는 사내들이 있었다

탈주 계획을 새기는 사내들이 있었다

어둠이 뚫리는 것을 느끼는 사내들이었다

자정이 되자 사내들이 역 광장으로 모여들었다

몇 명이나 되는지 알 수 없었다

사내들은 소리 없이 움직였다

검은 얼굴들의 긴장으로 역 광장은 숨이 막힐 것 같았다

아낙을 동반한 사내도 있었다

아낙은 사내의 굳건한 팔뚝을 믿었다

한 사내가 주먹으로 출발 신호를 올렸다

사내들이 역 광장을 빠져나가려는 순간이었다

서치라이트가 켜졌다

수백 개의 총구가 사내들을 겨냥하고 있었다

너희들을 체포한다

모두 머리에 손을 얹고 자리에 앉아라

몇 사내들은 그 자리에 주저앉았다

다른 사내들은 어둠 속으로 뛰었다
빛과 어둠 사이에 영원으로 드는 침묵의 문이 예비되
어 있었다
뛰는 사내들을 향해 사격이 시작되었다

총소리가 어둠을 날카롭게 찢고
사내들이 어둠 속에서 쓰러졌다
몇 사내들은 어둠 속으로 사라졌다
경비병들은 도망친 사내들을 쫓지 않았다
공민증 없는 사내들이 몇 구역을 갈 수 있을지 알기
때문이었다

날이 밝았다
지난밤 아무 일도 없었다는 듯 조용했다
가을 아무르 강물이 여위는 시간을 틈타
한인 강제이주 시베리아 횡단열차 1호는
느릿느릿 쇠바퀴를 굴리기 시작한다
하바롭스크 광장의 '영원한 불꽃'이 흔들린다
철로의 교각들이 흔들린다
사내들이 흔들린다
흔들리는 사내들은 망연히

아무르 강물 붉게 물들이는 아침 해 보고 있다
붉은 해를 안고 있는 아무르 강물이 흔들린다
열차는 흔들리는 아무르 강물 위를 흔들리며 떠난다
흔들리는 강물 위에
검은 얼굴의 사내들이 흔들리고 있다

엄마의 얼굴이 창백하다
예카테리나는 엄마를 근심스럽게 본다
엄마는 사라질 듯 웃는다
엄마는 언제나 사라질 듯 위태로웠다
가늘게 솟은 갈비뼈가 위태로웠고
진통으로 몇 번씩 기절하는 심약함이 위태로웠다
밥물을 다시 보고 다시 보는 소심함이 위태로웠고
출어 때마다 남편을 가로막아 서던 염려가 위태로웠다
아빠가 우리를 찾을 수 있겠지?
엄마, 걱정 마
꿈이 사나워, 돌아가신 네 할아버지가 보였어
할아버지가 지켜주시려는 거겠지
엄마의 입술이 붉었다
엄마는 로자를 품에서 놓지 않는다
로자의 미열은 엄마의 불안을 턱없이 키웠다

혹시 로자가…… 엄마는 고개를 세차게 젓는다
불안의 그림자는 쉬이 걷히지 않는다
로자는 죽은 듯 잠에 빠져 있다

광활한 대지가 보랏빛으로 물든다
머잖아 어둠이 대지를 감싸 안을 것이다
어둠의 부드러운 품에 깊은 선을 그으며
시베리아 횡단열차는 대지 위를 질주한다
보랏빛 대지에 꿈결처럼 서 있는 자작나무 숲은 침묵
한다
　열차는 자작나무 숲의 침묵을
　가로질러 질주를 계속한다
　침묵이 파도처럼 밀려났다 밀려온다
　침묵은 침묵으로 엉겨 더욱 깊은 침묵이 된다
　시베리아의 9월은 침묵하는 대지다

　　　　　*

한인 강제이주 시베리아 횡단열차 1호는
브레야를 향해 무거운 몸을 밀고 간다
첫 강제이주 열차는 생각하며 달리는 듯 느리고 무겁

게 간다

　그 무거움이 강제이주 한인들의 오늘이며 내일일 것이다
　천여 명의 한인들을 태운 강제이주 열차의 무게는
　역사의 무게였다 역사는 서럽고 더러웠다
　크렘린의 야만은 역사를 비웃었다
　비웃어서는 안 되는 것을 그들은 비웃었다
　역사에 대한 비웃음은 자신에게 겨누는 칼이었음을
그들은 모른다
　칼끝은 언젠가 크렘린의 목에 닿을 것이었다
　그것이 역사의 준엄함이었다

　강제이주의 역사는 유민의 서러운 삶이
　또 다른 서러운 삶으로 가는 처절한 생의 무게였다
　강제이주 한인들의 삶의 무게는 계량할 수 없는
　무한 무게인 것을 시베리아 횡단열차는 알았을까
　알았기에 무거운 질주였을까
　열차는 무겁고 둔중하게 질주한다

　사내들 가슴이 무거운 것은
　역사의 무게 때문이었으리라

브레야까지 5백 킬로미터, 그곳에 이르러 물과 석탄을 싣게 될 것이다
　빅토르는 창밖의 보랏빛 어둠을 응시하고 있다

　저 보랏빛 어둠이 원망으로, 분노로 볼셰비키의 심장에 닿을까 크렘린, 그 어둠의 밀실은 정당하지 않다 우리들은 조국에 충성했다 아버지도 삼촌도 볼셰비키 혁명을 위해 총을 들었었다 러시아는 나의 조국 아닌가 차르 시대를 끝내게 한 우리들의 조국 아닌가

　빅토르의 표정이 일그러진다 자작나무 숲으로 방향 잃은 바람이 쏠려간다
　그가 두 손으로 턱을 괸다 자작나무 숲 그늘 한쪽이 기운다
　그의 창백한 손이 보랏빛으로 물든다
　자작나무 숲이 보랏빛 어둠을 숙명처럼 받아들인다

　크렘린은 우리가 왜 중앙아시아로 가야 하는지 설명하지 않았고 묻지도 못했다 불가항력의 강제이주, 이건 혁명의 끝이 아니다 혁명의 처음도 아니다 반혁명이다 핍박이다 유형이다 집단 학살이다 이 철길 위에 누가 살아

남아 이 뼈아픈 역사를 기록할 것인가

빅토르는 가슴을 친다 그의 가슴에서 북소리가 난타
된다

예카테리나가 그의 어깨를 잡는다

북소리의 파장이 예카테리나의 몸속으로 밀려온다

어깨가 낮게 떨린디 뼈기 우는 진동이 그녀의 가슴을
울린다

오빠, 무에 그리 가슴 아파?

이건 아니다

뭐가?

크렘린

크렘린?

이건 음모야

쉬—

그녀는 두려웠다

그의 눈빛이, 그의 목소리가, 그의 떨리는 어깨가

두려웠다 흔들리는 열차가, 열차 중앙에 놓인 원형 난
로가

두려웠다 열차 안의 사내들이, 사내들의 검은 얼굴이

두려웠다 열차가 밀고 가는 어둠이

두려웠다 열여덟의 조선사범대학 신입생에게는

모든 것이 두려움이었다 그녀는 그녀의 숨소리조차 두려웠다

수많은 눈이, 수많은 귀가 그녀를 에워싸고 있을 것 같았다

그녀는 전율한다

세상의 모든 눈들이 노려보고 있는 것은 아닐까

세상의 모든 귀들이 엿듣고 있는 것은 아닐까

그녀는 차창 너머 무수한 눈들을 보았다

그녀는 그의 팔을 끌어안는다

상큼한 냄새가 그를 휘감는다

그는 그녀의 손을 지긋이 푼다

두 사람 사이를 흐르는 침묵이 잠시 출렁인다

그녀의 어깨로 붉은 해가 걸린다

붉은 해는 그녀의 어깨를 잠시 짚은 다음 천천히, 아니 빠르게

지평선으로 떨어진다

열차 안이 검보랏빛 어둠에 싸인다
검보랏빛 어둠은 차츰 검회색으로 바뀐다
그는 가림막을 들추고 안으로 든다

엄마의 기도는 아직 끝나지 않고 있다
그와 그녀는 어둠 속에 잠든 로자를 지킨다
잠든 로자의 고요한 모습에 눈물이 핑 돈다

저 어린 영혼이 건너야 할 강은 얼마나 깊고 급할까

그녀의 모습이 점차 어둠으로 바뀐다
그녀의 어둠 옆에 그의 어둠이 서 있다
두 어둠은 곧 무너져 내릴 모래 기둥 같다
어둠은 열차 안의 모든 동승자들을 어둠으로 만든다
어둠은 남루한 이삿짐들을 묻고 검은 얼굴의 사내들
두려운 눈빛과 굳은살투성이의 복숭아뼈를 묻었다
어둠은 아낙들 한숨과 불면으로 떨리는 손등을 묻었다

　철로의 연결 부위를 건너뛰는 쇠바퀴 소리가 철거덕철
거덕 어둠을 쌓는다
　어둠은 얼마나 깊고 무겁게 철길에 쌓일지 모른다

철길에 어둠 쌓이는 굉음이 대지의 지축을 울린다

어둠은 열차 안에 겹겹이 놓인 검은 얼굴들이었다
검은 얼굴들 가슴 무너지는 소리, 철길에 어둠 쌓이는
굉음이었다
검은 얼굴들 철길에 놓여 별빛 차가운 밤의 질주를 몸
서리치는 것이다

        *

밤열차의 질주는 두려움의 방향이다
사내들은 어둠 속에서 검은 얼굴로 불 밝힌다
식솔들을 먼 곳까지 무사히 데리고 갈 수 있을까
이송 도중에 사달이 나는 것은 아닐까
혹 알 수 없는 이유로 체포되는 것은 아닐까
한 번쯤 러시아를 배신하지 않은 한인들이 없다는 걸
놈들이 알고 있는 것은 아닐까
사내들에게는 아낙에게도 말하지 않은 비밀이 있었을
것이다
레닌을 비난하지는 않았는가
스탈린을 비판하지는 않았는가

볼셰비키를 불평하지는 않았는가

그 비밀들이 어둠 속에서 주춤주춤 나서는지도 모를
일이다

어둠은 불빛보다 더 환하게 사내들을 드러낸다

사내들은 벌거벗은 몸을 거친 손으로 가린다

비밀은 언젠가는 백주의 길바닥으로 나설 것이다

낮말과 밤말을 가리지 않으면 말은 부메랑의 '날개를
단다

사내들은 두려워 고분고분 열차를 탔을지도 모른다

사내들은 연해주 밖의 세기적인 사건들을 감지하고
있었는지도 모른다

사내들은 거대한 역사의 흐름을 온몸으로 느끼고 있
는지도 모른다

크렘린의 지령은 추악하고 잔인했다

지난 2년간, 돌아보기 두려운 1935년부터 1936년 사이

얼마나 많은 실종이

얼마나 많은 3인 재판이

얼마나 많은 유배가
얼마나 많은 죽음이
모두 잠든 사이에 이루어졌는지

크렘린은 강제이주의 저항을 미리 차단하기 위해
연해주에서 영향력이 큰 한인 지도자들을
체포 구금하고 재판에 회부했다
시인도, 소설가도, 교사도, 교수도, 항일 조직의 지도
자도, 콜호즈의 책임자도
더러는 총살 형장으로
더러는 시베리아 유형지로
더러는 벌목장으로 보내졌다
살아 돌아오지 못한 그들을 위해
누구도 입을 열지 않았다
침묵은 생존을 위한 더러운 법칙이었다
사라진 사내들은 어디로 사라졌는지 알지 못했다
그렇게 사라진 2천 5백여 명이었다

살아남은 사내들은 예감하고 있었는지도 모른다
강제이주가 죽음의 철길을 달려
죽음의 황무지에 이르러 죽음의 얼굴로

서로를 보게 될 참혹함에 이르리라는 것을

열차의 어둠 속, 처연한 검은 얼굴의 사내들
아낙의 머릿결을 쓰다듬기도 하고
잠든 어린것들을 물끄러미 내려다보기도 하고
담뱃대에 불을 올리기도 하며
두려운 어둠을 건너고 있다

열차는 어둠을 가르며 질주한다
질주는 열차의 거친 숨소리다
질주는 사내들의 붉은 눈빛이다
질주는 시간이 시간을 뚫고 지나가는 두려운 속도이다

질주는 지린내를 뚫고 시베리아를 건너는 음험한 구
음이다

밤을 보내며 아이들은 구석자리에 오줌을 쌌다
새벽이 되면서 아이들은 똥마렵다고 소릴 질렀다
아낙들은 아이들을 구석자리에 앉히고 빈 그릇을 대
주었다
지린내가 열차 안을 덮었다

구린내가 열차 안을 덮었다

누구도 지린내와 구린내를 탓하지 않았다

사내들은 탱탱한 아랫배를 손으로 누르며 똥오줌을 참았다

아낙들은 허벅지를 타고 흐르는 수치심을 손으로 훔쳤다

지린내와 구린내는 사람의 냄새였다

똥오줌은 몸 밖의 몸이었다

몸 밖의 몸은, 몸을 지켜주는 힘이었다

오줌이 힘이었다

똥이 힘이었다

사내들은 그 힘으로 아낙을 안았고

사내들은 그 힘으로 농토를 일구고

사내들은 그 힘으로 어구를 다뤘다

가장 가까운 거리에서 몸을 지켜보던 몸이

몸 밖으로 나서는 몸이어서 부끄러울 수는 없었다

아이들은 힘껏 오줌발을 세웠다

아이들은 힘껏 똥 덩이를 갈겼다

사내들에게 아이들의 오줌 줄기와 똥 무더기가 희망이었다

희망은 사내들의 옆구리를 무섭게 차올랐다

열차는 새벽을 질주하고 있었다

열차 바닥의 판자 틈으로 시베리아의 차가운 바람이
세찼다

바람은 열차 벽의 판자 틈으로 차고 날카로운 혀를 디
밀었다

시베리아의 9월,

바람은 투명한 뼈를 숨겨 대지를 가로지르기 시작한다

저 바람으로 자작나무 숲이 그리움의 병을 얻는 것이다

저 바람으로 씨앗을 떨구고

저 바람으로 뿌리의 노역을 멈추고

저 바람으로 모든 삼림이 고요 속으로 잠기는 것이다

대지를 가로지르던 바람은

열차의 질주에 부딪혀 한바탕 솟구치며 옷자락이 찢
긴다

바람의 옷자락이 나뭇잎처럼 흩날리는 철길 위에

새벽이 내려앉는다

새벽은 철길 위에, 자작나무 숲 위에, 강물 위에, 지붕
위에

소리 없이, 그러나 강건하게 내려앉는다

새벽의 강건함을 사내들은 알고 있다
밤새 멀리 가 있던 뼈마디들을 수습해야 하고
이완의 잠에 들었던 근육들을 깨워야 하고
어구를 챙겨야 하고 농구를 실어야 하고 공구를 찾아
야 하는
삶의 엄정함이
사내들의 새벽을 강건하게 하는 것이다

여명의 거스를 수 없는 완강한 힘이 새벽인 것을 사내
들은 알고 있는 것이다

희붐한 어둠을 가르며 열차는 질주한다
위험한 질주는 계속된다
음험한 질주는 계속된다
무거운 질주는 계속된다

사내들은 새벽의 강건한 힘을 만난다
강건한 힘은 사내들의 눈빛을 형형케 한다
새벽의 희붐한 시간을 내다보는
사내들 눈빛에 파란 불꽃이 인다
사내들을 결의에 차게 하는

새벽의 강건함은 자작나무 숲을 뚫고 시베리아의 거친 대지를 질주하는

강제이주 열차의 육중한 쇠바퀴를 더디게 한다

먼 지평선으로 붉은 기운이 퍼진다

사내들의 형형한 눈빛이 붉은 기운에 닿는다

밤새 사막을 건너온 늑대의 눈빛이다

그 눈빛 안에 모든 식솔들의 숨소리가 쌓인다

                   *

2층 젊은 아낙이 난로에 불을 지핀다

민족 학교 교사인 사내가 내려와 아낙을 도와 불씨를 살려놓는다

아낙은 냄비에 감자를 가득 담아 난로에 올린다

감자 익는 냄새가 열차 안에 찬다

아이들이 칭얼대기 시작한다

감자 익는 냄새는 고향이다 솟구치는 식욕이다

아이들은 식욕을 위해 기꺼이 울음을 터뜨린다

2층의 백군 출신 사내가 쌍둥이 손자를 어른다

사내의 젊은 며느리가 난로 옆으로 내려와 식사를 준

비한다

　1층의 하사관 출신 사내가 부스스 일어나 창으로 간다

　그는 창에 기대 담배를 태운다 담배 연기가 판자 틈으
로 빠르게 빠져나간다

　밤새 기침을 하던 사내의 늙은 부모는 늦잠에 들었다

　사내의 아낙도 난로 옆에 쪼그려 앉는다

　아낙들은 서로 눈인사를 한다

　따스한 체온이 건너가고 건너온다

　이처럼 체온을 나눌 수 있다면 견디어낼 수 있으리라

　아낙들은 작은 안도로 마음을 살짝 편다

　예카테리나는 무릎 사이에 고개를 묻고 있다

　엄마는 로자를 안은 채 눈을 감고 있다

　로자는 이틀을 투정하지 않았다

　로자는 미열이 나기 시작했다

　엄마는 두려워 떨며 로자를 품었다

　빅토르는 덜컹거리는 문에 기대섰다

　문이 덜컹거릴 때마다 앞으로 밀려 열릴 것 같았다

　찬바람이 문짝을 비집고 들어와 소매를 파고든다

　또 하룻밤을 견디었구나

　빅토르는 침을 꿀꺽 넘긴다

예카테리나는 무릎 사이에 고개를 묻은 채 움직이지
않는다

      *

열차가 속도를 늦추며 플랫폼으로 들어선다
브레야억이다
철로 주변에 늦게 핀 맨드라미가 검붉다
늦가을 정취가 물씬한 역은 한적하다
역사가 긴 잠을 깬 듯 나른하다
역무원들이 나와 열차를 맞는다
열차가 서자 경비병들이 열차간마다 막아선다
내무인민위원들이 열차간에 올라
불평분자로 점찍은 사내들을 색출해 체포한다
저들이 어찌 불평하는 사내들을 알았을까
열차간마다 그들이 박아놓은 첩자가 있는 것은 아닐까
체포되어 끌려간 사내들은 돌아오지 않았다
경비병들은 열차에서 내리는 사람들의 용건을 일일이
확인한다
똥오줌을 참아 방광이 터질 듯한 사람들, 얼굴을 잔
뜩 찌푸리고

경비병과 실랑이를 벌린다

플랫폼은 순식간에 아수라장으로 변한다

사내들은 플랫폼에 서서 오줌을 갈기고

아낙들은 기찻길을 넘어 뛴다

하차가 느려지고 배설이 다급해진 사내가 경비병을 밀
치며 소리쳤다

간나새끼, 너 똥 안 싸고 살아? 아랫배가 터질 지경이
라고

얼결에 넘어박힌 경비병이 소리쳤다

저 놈을 체포해!

경비병들이 몰려들었다

사내는 경비병들에게 끌려갔다

사내의 발등으로 오줌이 흘러내렸다

사내의 붉은 눈빛이 플랫폼에 쏟아져 내렸다

사내는 다시 돌아오지 못할 것이다

말은 두려운 무기였다 사내가 끌려가고 나서

말의 불행이 숨어 있는 플랫폼은 조용했다

플랫폼은 똥을 누고 오줌을 누는 사내들의 묵묵한 표
정이었다

경비병들은 호루라기를 불었다

미처 바지를 올릴 여유도, 치마를 여밀 여유도 없었다
강제이주 열차에서 절박하지 않은 시간은 없었다
시간은 늘 아팠고 멍들었고 쫓겼다

빅토르는 엄마를 부축하며 돌아오는 예카테리나를
향해 손을 들어 보인다
멀리서 그녀가 웃는나
미소가 슬프다
예카테리나 엄마가 홑청처럼 펄럭인다
저 펄럭임으로 어찌
이 혹독한 여정을 견디어낼 수 있을지

강제이주 열차는 움직이지 않았다
언제 브레야역을 떠나게 될지 아무도 몰랐다
왜 요지부동인지 묻는 사람은 없었다
순명이 살아남는 길인 것을 깨달은 사내들이었다
요지부동은 이틀을 지나고도 요지부동이었다
시간은 브레야역에서 길을 잃은 것 같았다

온갖 소문들이 열차의 칸을 옮겨 다녔다
소문들은 입도 눈도 귀도 날개도 있었다

불안을 말하고 불안을 보고 불안을 들었다

소문들은 그 많은 불안을 칸마다 날며 옮겼다

1층의 전역 하사관인 사내가 인내심의 한계를 드러냈다

개새끼들!

그 고함소리에 열차 안의 모든 사람들이 감고 있던 눈을 떴다

이게 말이 돼? 왜 머무는지, 언제 출발하게 되는지 알려주어야 하는 거 아냐?

학생 그렇지 않아?

사내의 성깔이 빅토르에게 날아왔다

빅토르는 웃었다

야, 웃음이 나와?

사내의 얼굴이 벌겋게 달아올랐다

예카테리나가 빅토르 옆으로 다가앉았다

빅토르는 사내의 시선을 피했다

어른이 말하는데 왜 대답이 없어?

사내의 목덜미에 핏발이 섰다

사내들에게는 숨기고 있는 날카로운 발톱이 있다

발톱은 분노가 비등점에 이를 때까지 부드러운 근육 뒤에 숨어 있었다

발톱은 언제나 신중하고 사려 깊었다

빅토르는 열차 밖으로 나갔다

경비병에게 물었다

언제 출발하는가?

모른다

이게 말이 되는가 왜 머무는지 언제 떠나는지 말해줘

야 하니 않나?

그걸 나도 모른다니까

누가 아나? 사령관? 역장?

글쎄

만나게 해줘

그건 안 돼 너희들은 누구와도 접촉할 수 없다

그때 초급장교가 이들에게로 걸어왔다

왜?

이 녀석이 열차가 왜 안 떠나느냐고

그건 아무도 모른……

초급장교는 빅토르에게 말하다 말고 그의 어깨를 잡

는다

야, 너 빅토르 아냐?

오, 보리스 너였어?

둘은 서로를 얼싸안았다

너 군대 갔었어?

응, 2학년 마치고, 초급장교로, 1년 됐네

그랬구나 왜 안 보이나 했지, 청년당원 모임에 자주 갔었다

너는 열혈이었지

너 또한

그랬나?

어떻게 돼가는 거야

나도 몰라 이 열차가 중앙아시아로 이주되는 1호 열차라는 거밖에는

이건 말도 안 돼

그 이상은 말하지 말자 네가 여기 있는 거 알았으니 불만은 천천히 듣자

보리스가 목이 긴 붉은 장화를 거만하게 되돌려 갔다

그의 어깨가 강철 같았다

빅토르는 열차 안으로 들어와 사내에게 말했다

누구도 아는 사람이 없습니다

개새끼들!

사내는 혼잣소리를 했다

열차 안은 무거운 침묵이 계속되었다

사내의 아낙이 삶은 감자를 예카테리나에게 건넸다

그녀는 사내의 거친 말을 용서 빌고 싶었다

예카테리나는 사양했지만 그녀는 막무가내로 밀어놓았다

예카테리나는 빅토르를 쳐다봤다

빅토르는 아낙에게 고맙다는 눈인사를 건넸다

예카테리나, 조금 전 밖에서 보리스를 만났어

보리스?

나 대학 2학년 때 바이칼에 갔었지? 기억 나?

응, 기억 나

그때 같이 갔던 러시아 친구 보리스, 극동대학교 의학과 2학년 학생이었잖아

아, 그 보리스

그 친구가 초급장교가 되어서 이 열차를 타고 있어

그래?

예카테리나의 눈이 커졌다

열차 안은 추웠다

난롯불이 꺼져갈 때마다 누군가 장작을 던져 넣었다

시든 영혼을 던져 넣는 제의처럼 경건했다

작은 원형 난로는 열차 구석을 모두 데우지 못했다

2층은 따스한 공기가 올라가 견딜 만했다

1층은 바닥에서 한기가 올라와 영하의 기온을 보였다

바닥에 깐 널빤지는 틈새가 벌여져 차가운 바람이 솟
구쳐 들어오고는 했다

열차 안은 퀴퀴한 음식 냄새로 가득 찼다

환기를 해도 목재 벽과 바닥에 배기 시작한 냄새는 쉬
이 가시지 않았다

지린내와 구린내는 더 이상 후각을 자극하지 못했다

마비된 후각은 지린내와 구린내를 구별하지 못했으나

독한 냄새 뒤에 숨은 향기를 알아채기 시작했다

지린내와 구린내는 향기였다

그 향기로움은 삶의 원천이며 구원이었다

아이들은 아무 때나 오줌을 누고 똥을 쌌다

2층의 백군 출신 사내는 요강을 가지고 올랐다

요강은 새벽이면 찰랑찰랑 넘쳤다

열차를 내릴 때마다 경비병들과 실랑이를 해야 했지만

배설은 그것보다 훨씬 절박했다

먹고 싸는 일이 인생이라는 걸 깨달아가고 있는 사내
들은

싸고 돌아오는 잠깐 동안 언제나 행복했다

행복은 멀리 있지 않았다

몸이 몸이게 하는 것, 마음이 마음이게 하는 것이 행복이었다

싸는 일은 몸이 몸이게 하는 일이었다

싸는 일은 마음이 마음이게 하는 일이었다

       *

한인 강제이주 시베리아 횡단열차 1호가 쉬지 않고 질주하고 있다

나흘이 지나면서 식량이 떨어진 가구가 생겼다

며칠 분의 식량만 준비하면 될 거라던 말을 믿은 것이 잘못이었다

2층의 백군 출신 사내는 매일 보드카를 마셨다

사내는 술 취해 고래고래 소리를 질렀다

볼셰비키 짜식들, 잘 헌다 자알 해 이게 혁명이라구? 개나 물어갈 혁명이다 에라 더러운 세상 술이나 취하자꾸나

사내는 20년 전 차르의 군인이었다

사내는 변신의 귀재였다

차르 시대가 끝나자
사내는 차르의 군인이었던 것을 참회하고
볼셰비키에 영혼을 팔았다
사내는 개인 소유 재산을 몰수하는
앞잡이가 되었다 사내의 능란한 언변이 한몫을 했다
사내는 몰수된 한인들의 신한촌 주택을 처리하면서
전횡을 일삼았다 전횡으로 축재를 했다
사내의 횡포는 한인들의 원성을 샀다
사내는 수이푼 구역으로 숨어들어 콜호즈에서 일했다
역사의 격동은 기회주의를 낳고 기회주의는
도덕적 불감증을 동반했다

열차 안에서 사내를 상대해주는 사내는 없었다
사내들끼리 눈인사 한 번 없었다
마주치는 일이 없으니 인사할 일도 없었다
사내들은 마주치는 기회를 애써 피했다
아낙들이 난로 옆에 모여 도란도란 이야기를 나누는
일은 있어도
사내들이 담뱃대를 물고 이야기를 나누는 일은 없었다
수컷들의 경계심이었다
지배 영역을 확보하기 위한 눈에 보이지 않는 힘겨루

기였다

빅토르는 경계심이 없었다

지켜야 할 영역이 없으므로 경계의 대상이 없었다

영역은 사내들에게 삶의 의미였다

영역이 사라지는 일은 삶이 뿌리 뽑히는 일이었다

영역은 사내들에게 존재 이유였다

왜 존재하는가 영역을 구축하기 위해서 존재하는 거다

사내들은 그렇게 알고 세상을 건너왔다

영역은 영향력이며 한 사내의 힘의 자장이다

그 자장 안에 아낙과 자식의 초상을 그리고

그 자장 안에 사회적 계층과 재물의 밑그림을 그린다

그것이 사내들의 개인사이며 삶의 궤적이다

열차 안의 사내들이 냉랭한 것은 영역 싸움 때문이다

빅토르는 누구에게나 친절할 수 있었다

영역을 생각하지 않았으므로

영향력 안에 초상을 그리고 있지 않았으므로

그는 아직 사내의 범주에 있는 것이 아니었다

영역이, 영향력이 충돌하면

사회적 갈등이 표출되고

지배와 피지배의 사회적 갈등 구조가 형성된다

영역이, 영향력이 국가화되면
한인 강제이주와 같은 반인류적 역사를 쓰게 되는 것
이다

볼셰비키는 성공한 혁명 아닌가
혁명은 허구가 아닌가
사상의 절대적 영향력은 죄악 아닌가

빅토르는 스스로에게 묻고는 분노하고 절망한다
볼셰비키에 열광했던 시간들은 지금도 찬연한 것인지
단 한 순간도 의심하지 않던 혁명의 역사가 그를 혼돈
케 한다
단 한 순간도 의심하지 않던 조국이 그를 혼돈케 한다
소비에트 사회주의 공화국 연방은 조국인가
조국은 대한제국 아닌가
조국은 어째서 둘인가
그는 혼란스럽다
그는 혼란을 풀어갈 답을 가지고 있지 않다
그것이 답답하다
역류하는 강물을 보고 있는 빅토르다

*

예카테리나는 로자의 열이 내리지 않아 불안하다
엄마는 매일 밤을 뜬눈으로 지새운다
로자 얼굴에 붉은 반점이 돋고 있다
로자는 엄마 젖을 물고 있지만
젖은 나오지 않는다
로자는 며칠을 굶었다
예카테리나는 로자의 열꽃이 불안하다
오빠, 아무래도……
다음 역에서 의사가 어느 칸에 탔는지 알아볼게
괜찮을까?
로자는 잘 견딜 거야
엄마는 눈을 감은 채 두 사람의 말을 듣고 있다
눈물이 주르르 흘러내린다
엄마는 로자를 더욱 힘주어 껴안는다
로자가 잠깐 눈을 떴다 감는다
로자야, 눈 떠봐
예카테리나가 로자를 흔든다
로자가 힘들게 눈을 떠 예카테리나를 본다
흔들리는 촛불이다

밥 줄까

로자는 다시 눈을 감는다

흔들리며 잦아드는 촛불이다

1층의 하사관 출신 사내 가족이 심상치 않다

할아버지가 발병을 했다

몸이 불덩이라고 며느리가 걱정이지만

쫓기듯 떠나오느라 비상약을 준비하지 못했다

할머니가 밤새 할아버지를 지켜봤다

고사목의 메마른 그림자가 드리운다

지난밤에는 기침이 심해 아무도 잠을 이루지 못했다

기침은 곧 숨이 넘어갈 듯 가팔랐다

내가 죽어야지, 무신 영화를 볼 기라구 이 고생을 하

누 콜록콜록

영감도 무슨 말을 그렇게 하오 신천지를 찾아가는 거

아니오

할머니는 할아버지에게 마지막까지 단물이고 싶었다

그곳이 어딘지 모르지만 아마도 내 무덤이 될 기요 콜

록콜록

무덤이라니, 당치도

이보우, 할매 여기까지 오느라고 고생 많았수 콜록콜록

고생은 나만 한 거우? 영감도 했제

할매, 국적을 몇 번이나 바꿨는지 아우? 콜록콜록

글쎄요, 조선, 중국, 다시 조선, 그리고 로서아니께 네
번 바꿨수다

내 나라에서 뼈를 묻어야 하는 거인디 그게 한스럽소
콜록콜록

영감, 누우소 말 너무 하면 힘드오

그 후 노부부는 조용했다

서글픈 적막감이 몰려왔다

적막감 다음 무엇이 노부부 사이를 흐르게 될지

열차는 계속 질주한다

노부부의 침묵 위를 질주하는 시베리아 횡단열차의
굉음은

만가였던가

철거덕철거덕 열차는 밤의 시베리아를 쉬지 않고 질주
하고 있다

어둠 속을 질주하는 열차 위로 무수한 별들이 쏟아져
내렸다

광활한 대지를 부드럽게 감싸고 있던 어둠은 별빛을
위해

칠흑의 숨소리를 올려 보냈다

별빛은 칠흑의 숨소리에 박혀 아름다웠다

별빛은 지상의 한 사람 한 사람의 영혼이었다

지금 한 영혼이 칠흑의 숨소리에 얹혀 하늘을 오르고 있다

오른 곳에서 영혼은 별빛이 될 것이다

할아버지가 칠흑의 숨소리에 얹혀

하늘 오르는 모습을 아무도 보지 못했다

새로운 별빛이 시베리아 횡단열차의 지붕 위에

슬픈 빛깔로 빛나기 시작했다

깜빡 졸다 깬 할머니는 별빛 슬픈 눈을 보았다

할아버지를 부둥켜안았다 영혼이 하늘로 오르고 있었다

할머니는 울음을 터뜨리지도 못하고 기절했다

쿵 하고 할머니 넘어박히는 소리에 며느리가 잠에서 깼다

며느리는 노부부의 모습을 보고 울음을 터뜨렸다

전역 하사관인 사내가 깨어 일어나 노부부를 안았다

사내가 황소처럼 울었다

아이들이 따라 울었다

열차 안의 모든 가족들이 깨어나 함께 울었다

할머니 정신이 돌아왔다
하늘 오르는 영혼을 보고 안타깝게 부르짖었다
영감, 혼자 가면 어찌하오 어찌하오 나는 어찌하오
할머니는 한사코 할아버지와 함께 가겠다고 몸부림쳤다
할머니는 할아버지의 시신을 끌어안고 막무가내로
하루를 버텼다 하루가 천 년이었다

열차는 지극한 슬픔을 철로에 묻고 질주했다
노인의 죽음은 서먹한 이웃들을 가깝게 불러 앉혔다
몇 루블씩 상주의 손에 쥐어주었다
슬픔은 함께하면 절반으로 줄어드는 것인지
하루 지나며 할머니는 울지 않았다
며느리는 시아버지에게 깨끗한 옷을 골라 수의로 입
히고
이불 홑청을 뜯어 시신을 쌌다
부부란 죽음을 함께 나누는 것이다 죽음을 나누며
할머니는 하루 사이에 폐인으로 변해 있었다
죽음은 할머니 가까이 와
새로운 별빛 하나 부르고 있는지도 모를 일이었다

노인의 죽음은 한인 강제이주 시베리아 횡단열차가

라즈돌리노예역을 출발한 지 닷새 만에 맞는 첫 죽음
이었다

첫 죽음에 아무도 놀라지 않았다.

강제이주 한인들에게 수없이 많은 죽음이 예비되어 있
다는 것을

예감하고 있었기 때문이었다 예감은 불길한 내일이었다

죽음의 예감은 검은 불꽃처럼 덮쳐와 난파할 운명을

슬그머니 놓고 가는 것이어서

누구에게도 발설할 수 없는 두려움이었다

예감은 누구에게나 섬광처럼 왔다

그리고 오래도록 두려움으로 머무는 것이었다

첫 죽음이 놀랍지 않은 사내들은

수많은 죽음의 냄새를 후각으로 더듬고 있었다

　　　*

속도를 줄이던 열차가 플랫폼에 멎었다

시마노프스카야역이다

브레야를 떠나 3백여 킬로미터를 달렸다

경비병에게 사망자를 보고했다

조금 후 들것을 가지고 위생병들이 열차 안으로 들어

왔다

위생병들은 열차 안의 악취에 고개를 돌렸다

할머니는 할아버지의 시신이 들것에 실려 나갈 때

또 실신했다 위생병들은 누구도 시신을 따라오지 못하게 막았다

그것으로 한 죽음이 막을 내렸다

생과 사가 이처럼 간단명료하다

자작나무 잎새 한 장 떨어져 내리는 것 같다

들것은 다른 열차간으로 바쁘게 드나들었다

밤새 수십 개의 새로운 별이 달리는 열차 지붕 위로 내렸던 것이다

사내들이 망연자실해 있는 사이에

내무인민위원들이 열차간마다 올라

몇몇 사내들을 체포해 끌고 갔다

체포당한 사내들은 왜 내가?라고 소리치기도 했지만

끌려가는 사내들을 막아서는 사내들은 없었다

끌려간 사내들은 돌아오지 못할 것이다

아낙들은 사내들을 왜 체포해 가는지 묻지 못했다

마녀사냥은 열차가 정차할 때마다 계속될 것이다

그것이 강제이주 중인 한인들을 침묵하게 하는 유일한 방법이었다

초급장교 보리스의 군화 소리는 지나치게 당당했다

빅토르는 예카테리나를 데리고 플랫폼으로 내려섰다

보리스, 이 학생 기억하지? 예카테리나

오, 그래 기억하지 반가워

보리스는 예카테리나를 포옹했다

이렇게 컸어?

예카테리난 조선사범대학교에 입학했어 입학하자마자 열차를 탔다

그랬구나, 너하고 같은 학교구나, 힘들지?

힘들어 보리스, 먹을 물도 화장실도 없어 그뿐 아니야 식량도 떨어졌어

예카테리나는 눈물이 핑 돌았다

보리스, 이건 미친 짓이야 너는 알고 있잖아

빅토르, 모르는 건 나도 같아, 불행한 일이기는 하다

그렇게 남의 일처럼 말하지 마

엄격하게 말하면 네 말이 맞다 남의 일이다

빅토르는 보리스에게 거친 눈빛을 던졌다

보리스, 너 그렇게 말할 수 있어? 우리는 러시아의 국민이야

너희들은 위험한 소비에트 국민인 거다

보리스, 너 그 말이 한인들에게 얼마나 모욕적인지
몰라?
빅토르, 그만하자 너는 내 친구다 여기서 멈추자
보리스는 어깨를 반듯하게 세워 돌아갔다
예카테리나의 손을 잡고 열차에 오르는
빅토르의 입술이 파르르 떨렸다

                    *

눈발이 날리기 시작했다
사내들은 경비병의 허락을 받아 눈발 흩날리는 플랫
폼에서
식량이 될 만한 것들을 사들였다
돈이 떨어진 사내들은 친구들을 찾아가 빌렸다
빌린 돈으로 보드카를 사는 사내들이 있었다
절망은 내일을 미리 장사 지낸다 얼굴 검은 사내들에
게 술은
죽은 내일에 바치는 헌사인지도 모를 일이다
노점상들도 물러가고 플랫폼은 소리 없이 내리는 눈
으로 적막했다
보랏빛 어둠이 역사를 흐리기 시작했다

먼 불빛이 눈발 속에 떨고 있다

눈은 쉬지 않고 내렸다

열차는 떠나지 않고 있다

눈은 열차의 지붕 위에, 플랫폼 위에, 레일 위에

보랏빛 어둠 위에 소리 없이 쌓였다

눈은 망연자실, 창밖을 보고 있는

사내들의 검은 얼굴 위에 하염없이 쌓이고 있다

검은 얼굴의 사내들 가슴에

하얀 적막이 죽음처럼 쌓이고 있다

시마노프스카야역은 적막이 쌓이는 소리를 듣고 있다

한인 강제이주 시베리아 횡단열차 1호는

눈발 속에 거대한 무덤처럼 검은 실루엣으로 서 있다

수송 책임자, 위수사령관이 머물고 있는 객차에서 불빛이 새어 나와

하얀 적막을 껴안는다 하얀 적막은 불빛을 거부한다

불빛은 레일을 가볍게 구부린다 레일이 어둠 속으로 달아난다

그뿐, 검게 서 있는 사내들의 열차는 움직이지 않았다

하얀 적막이 열차를 덮고 시베리아 광활한 대지를 덮고

마침내 사내들의 마지막 희망을 덮는다

강제이주 열차는 며칠째 움직이지 않았다

식량이 바닥난 가구들이 늘어났다

아이들이 밥 달라고 울었다

사내들에게 아이들 울음은 창자가 끊어지는 듯 쓰렸다

아낙들은 아이를 굶기지 않기 위해 이웃에게서 감자
를 얻기도 하고

마른 빵을 얻기도 했다 구걸이면 어떠랴 싶었다

굶기지 않을 수만 있다면 무슨 짓이라도 할 수 있을
것 같았다

식량만 떨어진 것이 아니었다

지니고 온 돈도 바닥이 났다

빈손은 죄악이었다

먹는 아이들 옆에서 굶는 내 아이를 보는 일은 고통이
었다

사내들은 혀를 깨물고 싶었다

저들의 말을 믿다니, 그 먼 길을 며칠 분의 식량으로
견디리라고

그 어리석음에 부아가 치밀고 살이 떨렸다

굶주림은 아이들의 몫만은 아니었다

사내들도 주린 배를 물로 채우며 버티고 있었다

먹을 수 있다는 것이 얼마나 큰 축복인지

아이들의 푹 꺼진 눈을 보면 알 수 있었다

먹일 수 있다는 것이 축복이라면

먹일 수 없다는 것은 저주였다

저주는 강제이주 열차 모든 칸마다 역병처럼 돌았다

사내들과 아낙들은 잠을 이루지 못하고

음산한 아침을 맞았다

굶주림의 역병은 참담한 아침을 불렀다

아침이면 몇 십구의 시신이 플랫폼으로 내려섰다

시신은 모두 흰 천에 덮여 플랫폼을 밟았다

보내는 자의 마지막 조사가 정갈하고 흰 수의였다

늘어진 예카테리나를 보며 빅토르는 뼛속이 아팠다

조금 남은 양식은 로자와 예카테리나의 엄마를 위해
아끼고 있다

이 허기를 얼마나 견딜 수 있을지 모른다

빅토르는 분노가 뼈마디에 쌓인다

매끼 식사를 하고 있는 가구는 백군 출신 사내 가족
이다

사내는 보드카 병을 옆구리에 끼고 산다

다른 가구들은 하루 한 끼로 허기를 견딘다

2층의 민족 학교 교사 사내 가족은 언제나 조용하다

아이들이 투정하는 소리도 없다

먹지 않고도 울지 않는 아이들이었다

이제 겨우 열흘이 시베리아 횡단철로에서 흘렀다

빅토르는 주먹을 불끈 쥐고 바닥을 내려친다

이건 집단 학살이야! 크렘린의 추악한 살인 음모야!

보드카에 취해 있던 백군 출신 사내가 2층에서 내려

왔다

이제 알겠나? 그들의 추악함을! 볼셰비키는 추악한 거다

빅토르는 사내를 쏘아봤다

뭘 봐, 집단 학살 맞다 우리들 모두를 쓸어버리려는 거

맞다

아저씨하고 논쟁하고 싶지 않습니다

분통이 터지지? 네가 충성한 볼셰비키의 음모다 자알

되어가는 거다

사내는 빅토르를 비아냥거렸다

빅토르는 사내의 멱살을 잡고 싶었다

예카테리나가 빅토르를 잡아끌었다

사내의 시선이 예카테리나의 허리를 게슴츠레 훑고 있다

다른 사내들은 죽은 듯 누워 있다

아이들이 밥 달라고 보채고

배고프다고 악마구리처럼 울지만

아낙들은 아이들 등을 도닥일 뿐 굶주림을 해결할 길
이 없었다

백군 출신 사내의 아낙이 흑빵 한 개씩을 가림막 안으
로 밀어 넣었다

아이들 울음소리가 멎었다

아낙들이 거의 동시에 가림막을 들었다

정말 감사합니다 민족 학교 교사 아낙이 웃었다

고맙습니다 전역 하사관 아낙이 고개를 숙였다

아주머니 고맙습니다 예카테리나가 허리를 굽혔다

일용할 식량의 무게를 알게 된 아낙들이었다

식량은 웃음이었다 위로였다 힘이었다

식량은 하루였다

식량은 따사로운 시베리아였다

식량은 시베리아를 건널 수 있는 방주였다

방주 없이 시베리아를 건너야 하는 무모한 사내들은

수만 미터의 심해로 가라앉고 있는 자신들을 알지 못
하는 건 아닌지

흑빵 하나의 깊이가 얼마나 되는지

흑빵 하나의 높이가 얼마나 되는지
생각하지 않는 검은 얼굴의 사내들은 아닌지
흑빵 하나가 울음을 삼키고 웃음을 밀어 올릴 때
아낙들은 돌아앉아 눈물을 훔쳤다
냉수로 몇 끼를 채운 배에서 최초의 양수 흐르는 소리
가 들렸다

열차는 움직이지 않았다
플랫폼에서 현지 상인들이 좌판을 벌이지만
사내들은 드문드문 먹거리를 기웃거릴 뿐이었다
플랫폼은 눈이 얼어 미끄러웠다
아낙들은 조심스럽게 승강 계단을 오르내리며 작은
강물 소리를 들었다
원형 난로는 아주 가끔 장작이 지펴졌다
장작불은 수줍게 난로를 껴안고 있었다
열차 안에 피가 도는 듯했다
장작불은 따스한 상징이었을 뿐
열차 안은 영하의 기온으로 이빨이 시렸다
서로의 체온이 난로였다
체온이 체온을 건너면 따스한 미소가 되는 걸
아낙들은 알게 되었다

조금씩 장작을 사 나르던 사내들은
더 이상 장작을 사들일 수 없었다
난방이 되지 않는 열차는 밤을 견디기 어려웠다
영하 20도의 추위가 뼛속을 파고들었다
추위는 혹독했다
아이들의 발가락이 벌겋게 부풀어 올랐다
아낙들은 부풀어 오른 발가락에 눈 찜질을 했다
아낙들은 이불로 아이들을 싸고
아이 싼 이불을 끌어안고 밤을 보냈다
사내들은 아낙들을 뒤에서 안고 잠을 청했다

                *

굶주림과 추위를 견딜 수 있는 사내는 없었다
사내들은 밤이 되기를 기다렸다
경비가 소홀해지는 틈을 타
네 사내가 열차 문을 열고 밖으로 나왔다
경비병은 보이지 않았다
네 사내들은 낮에 보아두었던 폐침목을 하나씩 메고
돌아왔다

폐침목은 역사 왼편에 노적되어 있었다
빅토르와 민족 학교 교사인 사내는 침목이 무거웠다
가까스로 열차 문 앞까지 와 털썩 주저앉았다
다른 사내들이 잽싸게 침목을 열차 안으로 밀어 올렸다
사내들의 소통은 침목을 훔치는 것으로 시작되었다
사내들은 톱으로 침목을 토막냈다
원형 난로가 벌겋게 달구어졌다
열차 안이 훈훈해지기 시작했다
추위를 안고 떨고 있던 아낙들이 몸을 뒤채며 잠에 빠
졌다
사내들은 행복했다
이 따스함을, 이 포근함을
언제까지 지킬 수 있을까
빅토르는 예카테리나의 손을 잡았다
예카테리나는 맑은 눈을 떠 그를 보았다
눈으로 젊은 사랑이 건너가고 건너왔다

원형 난로가 달아오르며 악취가 살아났다
영하의 실내 온도일 때 묶여 있던 악취는
영상의 온도를 얻으며 냄새를 찾은 것이다
지린내와 구린내는 악취의 근원이었다

사내들은 부끄러움을 쉽게 극복했지만

아낙들은 어둠 속에서 엉덩이를 내리는 일이

속살을 보이는 것처럼 부끄러운 일이었다

부끄러움도 익숙해지는 것이어서

가림막 안에서 배설의 희열을 알게 되었다

그 지독한 냄새가 영하의 기온으로 얼어 있었던 것이다

냄새는 무형의 향원으로 살아 있었다

살아 있음의 증거인 똥오줌 냄새는

열차 안의 온도가 올라가는 대로

활기차게 후각을 자극했다

악취는 여러 사람들의 냄새가 섞이면서 강렬해지고 끈

끈해졌다

잠들었던 아낙들이 악취로 잠을 깼다

그러고는 코를 막았다

악취는 후각을 마비시켜

마취의 정지된 시간 위에

내통의 비밀한 웃음 위에

사내들을, 아낙들을 세웠다

악취는 배설물에서만 오지 않았다

사람 몸에서 나는 악취는 더 견디기 힘들었다

세수도, 목욕도 사치였다

물은 마시기에도 늘 부족했다

사내들의 입에서는 달걀 썩는 내가 났다

아낙들의 입에서는 생선 비린내가 났다

아이들의 입에서는 젖비린내가 났다

노파의 입에서는 상한 내장 내가 났다

식구들끼리도 제 몸내를 숨기고 싶었다

몸내는 숨길 수 있는 냄새가 아니었다

몸 냄새는 발끝부터 차올랐다

몸 냄새는 한 인간의 삶이 그려내는 숨길 수 없는 문
양이었다

지울 수 없어 슬프고

지울 수 없어 기쁜

문양이었다

실내 온도가 올라가며 사내들은 온몸을 긁기 시작했다

옷섶에 숨어 있던 이들이, 머리칼 속에 숨어 있던 머릿
니들이

기어 나오기 시작한 것이다 머릿속에 하얗게 슬어 있던

서캐들이 알을 깨고 나와 온몸으로 달려 나갔다

사내들은 옷을 벗어 이를 잡았다

옷섶에 하얗게 슬은 서캐를 잘근잘근 씹었다

아낙들은 문을 열고 머릿니를 털었다

머릿니가 하얗게 쏟아져 내렸다

따뜻한 소동으로 울 수도 웃을 수도 없었다

몸에 서식하고 있던

저 친근한 흡혈 곤충이 탈주를 시작한 것이다

추운 것보다 나았다

악취면 어떤가

이면 어떤가

뼛속을 파고드는 시베리아의 추위를

냄새가 이기고 이가 이기고

사내들은 서로를 보고 웃었다

아낙들은 서로를 보며 웃었다

아이들은 온몸을 긁적거리면서도 꿈을 꾸었다

어떤 녀석은 고샅을 달려 나갔고

어떤 녀석은 썰매를 지쳤다

꿈은 아이들을 쑥쑥 자라게 했다

강제이주 열차 속에서도 아이들은 자라고 있었다

*

슬픔은 아이들에게서 왔다

열차가 이르쿠츠크를 향해 달리기 시작한 후였다

며칠씩 굶은 아이들은 힘없이 늘어져 잠을 잤다

로자가 그랬다

엄마는 로자의 숨소리가 명주실 같다고 생각했다

언제 툭 소리를 내며 끊어질지 모르는 목숨이라고 생각했다

빅토르와 예카테리나가 번갈아 로자를 안고 있었다

엄마는 실신하고는 깨어나고 실신하고는 깨어났다

가림막에 가려서 이웃에서 무슨 일이 일어나는지 알 수도 없었지만

모두들 굶주리고 지쳐서 알려고 하지도 않았다

로자의 온몸에 붉은 반점이 나타났다

로자는 울지 않았다

예카테리나가 멍한 표정으로 빅토르를 건너다보았다

빅토르는 고개를 돌렸다

예카테리나의 볼 위로 눈물이 주르륵 흘러내렸다

홍역이야 오빠

로자가 잘 견디어줄 거다

예카테리나는 로자를 품 안에 꼬옥 안았다

참새처럼 작아진 로자의 몸이 불덩이였다

엄마는 실신에서 깨어나면 미친 듯이 로자를 찾았다

로자를 끌어안은 엄마의 눈은 초점이 사라지고 없었다

엄마는 몸부림치며 울었지만

울음은 목에 걸려 밖으로 나오지 못했다

엄마는 또 실신해 쓰러졌다

빅토르는 가슴에 출렁이는 슬픔을 쏟아내지 못하고
있다

밤새 로자는 엄마의 품에서 예카테리나의 품을 오갔다

그 품의 거리가 로자의 생명의 거리였다

새벽녘 로자는 엄마의 품에 있었다

예카테리나는 빅토르의 어깨에 기대 잠이 들었다

빅토르는 그녀의 머릿결을 쓸어주었다

그때 억 하는 단말마의 비명이 터졌다

엄마는 로자를 놓치고 실신했다

빅토르는 바닥에 떨어진 로자를 안았다

로자의 심장에 귀를 댔다

빅토르는 로자를 누이고 가슴 누르기를 반복했다

로자는 자는 듯 평온했다

빅토르는 로자를 안고 오열했다

예카테리나가 눈을 떴다
로자를 빼앗아 안았다
안 돼 로자 안 돼 안 돼 안 된다니까
예카테리나는 미친 듯 소리질렀다
그녀는 몸부림치며 울다 기진해 쓰러졌다
눈물이 하염없이 흘러내렸다
어둠 속에서 아닉들이 초짐 없는 눈동자를 굴렸다

                    *

열차는 아무 일 없었다는 듯
이르쿠츠크역에 닿았다
아침이었다
붉은 해가 눈 덮인 이르쿠츠크역 광장을 비추고 있었다
플랫폼으로 내려서는 사내들은 눈이 벌겋게 충혈되어
있었다
사내들에게는 흰 천에 싼 어린 자식들이 들려 있었다
사내들 몇이서 흰 천에 싼 부모를 들고 내리기도 했다
열차가 하루 동안 시베리아 철로를 질주하는 사이에
수많은 죽음의 사신이 열차간마다 찾아왔었다
노약자들이 먼저 사신을 맞았다

병약한 어린아이는 사신을 피하지 못했다
수많은 주검들이 플랫폼에 놓였다
사내들은 러시아인들에게 돈을 쥐어주고
시신을 맡겼다 돈을 쥔 러시아인들은
시신을 들것에 싣고 역을 빠져나갔다
경비병들도 이들을 제지하지 않았다

보리스가 흑빵을 들고 찾아왔다
그의 목이 긴 군화가 어둑해진 열차 안에서 위압적이
었다
빅토르 어찌된 거야
로자가……
빅토르는 말끝을 흐렸다
로자가?
보리스는 예카테리나의 어깨를 어루만졌다
뭐라고 위로의 말을 해야 할지 모르겠다
흑!
예카테리나가 보리스의 가슴으로 쓰러졌다
보리스는 그녀의 머리를 쓰다듬었다
한동안 침묵이 흘렀다
침묵은 질문이고 답이었다

빅토르, 로자를 어떻게 할 거지?

내게 생각이 있어

위생병을 부를게

부르지 마

시신은 위생병이 처리하도록 되어 있다

보리스, 제발 나가줘라 부탁이다 위생병은 절대 안 돼

보리스는 돌아갔다

그가 놓고 간 흑빵이 어둠을 먹고 있다

누구도 흑빵을 거두지 않았다

흑빵은 죽음과 슬픔까지를 먹을 수는 없었다

      *

밤이 깊어졌다

달빛도 깊어졌다

열차가 느릿느릿 이르쿠츠크역을 벗어나기 시작했다

앙가라강이 넘칠 듯 어둠 속에서 출렁인다

예카테리나의 마음이 어둠 속에서 출렁인다

빅토르의 마음이 어둠 속에서 출렁인다

엄마는 미동도 없이 눈을 감고 있다

가끔 가늘고 긴 손끝이 파르르 떨린다

앙가라강, 그 깊고 슬픈 물빛을 예카테리나는 가슴으
로 들인다

시베리아를 가로지른 3백여 지류들이 바이칼 호수에
서 생을 마친다

앙가라강은 지류들의 죽음 위에 태어난 슬픈 강이다

바이칼 호수를 발원으로 다시 시베리아를 적시는 강,
앙가라를

빅토르는 생각 깊은 눈으로 들인다

강물은 출렁이고 출렁인다

그의 온몸이 출렁인다

열차는 출렁이는 앙가라 강물 위에 강제이주의 서러
운 족문을 남긴다

오빠도 그렇게 생각하고 있었어?

응, 로자를 좋은 곳으로 보내줘야 할 거 같았어

고마워

조금 더 가면 바이칼 호수가 나타날 거야

로자는 빅토르의 품에서 평온했다

병마도 배곯음도 가볍게 넘어선 로자였다

로자는 천사였다

천사로 왔다 천사로 떠나는 로자였다

로자의 눈웃음이 닿았던 하늘이 있었다

로자의 목소리가 닿았던 숲이 있었다

로자의 몸속에 분수처럼 터져 나오던 웃음소리가 있었다

로자는 자는 듯 평화로운 미소였다

실신에서 깨어난 엄마는 로자에게 젖을 물렸다

로자야 많이 먹어 먼 길 떠나는데 배고파서는 안 된다 사랑하는 로자야 엄마 곧 네게 갈 거야

빅토르는 돌아앉았다

예카테리나는 엄마를 안았다

그녀의 어깨가 파도처럼 출렁이고 출렁였다

열차의 속도가 줄어들기 시작했다

열차는 바이칼 호숫가를 조심스럽게 달렸다

빅토르는 창밖을 내다보았다

바이칼 호반에 달빛이 요요로웠다

멀리 보이는 검은 반점이 알혼섬일 것이다

빅토르는 엄마에게로 와 로자를 받았다

엄마는 통곡 없이 로자를 넘겼다

예카테리나는 엄마를 부축했다

빅토르는 로자의 얼굴을 가렸다

로자야, 하늘나라로 보낸다 네가 온 그곳, 영원히 천사로 살아 있을 그곳으로 보낸다 그곳에는 아름다운 꽃이 일 년 내내 피고 달콤한 음악이 꿀처럼 흐를 것이다

빅토르는 로자를 안고 기도한다

천주님이시여! 어린 영혼을 받아주소서 어찌 이처럼 일찍 거두어 가십니까

그의 볼에 뜨거운 눈물이 흐른다

구름 사이에 숨었던 달이 빠르게 호수의 수면을 흐른다

예카테리나가 엄마의 눈을 가린다

빅토르는 문을 열고 달빛 속으로 로자를 던진다

호수의 수면을 흐르던 달빛이 로자를 받아 안는다

달빛은 로자를 조용히, 그리고 천천히 바이칼 호수에 넘겨준다

호수는 어린 영혼을 부드럽고 따스한 가슴으로 안는다

바이칼 호수의 눈빛이 젖는다

6. 노보시비르스크역의 겨울비

한인 강세이주 시베리아 횡단열차 1호는 중앙아시아
를 향해 질주한다
수많은 두려움을 싣고
수많은 절망을 싣고
수많은 분노를 싣고
수많은 허기를 싣고
수많은 어둠을 싣고
수많은 죽음을 싣고 질주한다

예카테리나 마음의 지도에는 없는 지명 중앙아시아
빅토르 마음의 지도에는 없는 지명 중앙아시아
검은 얼굴의 사내들 마음의 지도에는 없는 지명 중앙
아시아
마음의 지도에 없으므로 지상에 없는 지명 중앙아시아
강제이주 열차는 지상에 없는 지명을 향해 질주한다

침엽수림 추운 그늘을 가르며 열차는 질주한다

열차간마다 검은 얼굴들 겹겹이 늘어져 있다

아이들은 울다 울다 지쳐 쓰러졌다

사내들은 며칠째 물로 배를 채웠다

아낙들은 물도 마시지 않고 굶주림과 혹한을 견디고
있다

빵 한 조각을 얻는 날은

아이들 눈빛이 밝아지고

아낙들은 그렁그렁 눈물이 고였다

굶주린 아이들은 며칠이고 잠에 빠졌다

잠은 죽음 같아서 혼곤하고 황홀했다

보라 꽃밭 끝없이 이어져 한 아름으로 안을 수 없는
아이들은

흰나비로 꽃밭을 날았다

흰나비는 오래 날지 못하고 꽃잎에 앉았다

꽃잎은 꿀물을 흘려주었다

흰나비는 꿀물에 갇혀 날개가 부러졌다

흰나비는 갑자기 터지는 통곡 소리를 들었다

보라 꽃밭은 무섭도록 조용했다

보라 꽃밭이 검게 변하고 있었다

흰나비의 날개가 검게 변하고 별들이 힘없이 쏟아져
내렸다

며칠 사이 검불 몸으로 변한 노인들은

시간의 폭력이 더 가혹해지기를 기다렸다

시간을 건너오는 사신을 조용히 맞을 수 있다면

죽는 복이라고 입꼬리를 올렸다

사는 복이 심장 거칠게 뛰는 일이라면

죽는 복은 심장 조용히 멎는 일이리라

사신은 노인들 낡은 영혼을 헤집고 다녔다

노인들은 밤마다 심장이 뛰고 있는지 스스로에 물었다

아직은……이라는 스스로의 말을 듣고는 잠에 들었다

밤마다 죽음의 강을 건너는 일은 두려웠다

새벽 혹한에 눈을 뜨면 아직은……이라는 말을 듣는다

생은 '아직은'이라는 말 앞에 늘 위태롭다

노인들은 지금 죽음의 강을 건너며 뒤돌아본다

급류였던가

저 급류를 건넜던가

격랑을 이루던 젊은 날의 강이 있었다

강물에 떴다 잠기고 떴다 잠기던 여인도 있었다

허리에 굵은 베를 매고 곡하던 날의 기억도 있었다
급류가 조용해지면
노란 국화 몇 송이 강물에 흘러갔다

질주하는 열차가 밤으로 든다
밤은 사내들에게 죽음의 독배를 생각하게 한다
죽음 다음에 무엇이 있겠느냐
달빛이겠느냐
별빛이겠느냐
혹은 바람이겠느냐
시베리아를 달리는 밤 열차, 수은주가 영하 20도에 멎
어 있다
혹한, 침엽수림의 언 가지들이 부러져 내린다
예카테리나는 엄마를 껴안고 밤을 건넌다
엄마의 엄지발가락은 동상으로 붉게 부풀었다
엄마는 부풀어 오른 발가락을 숨긴다
겨우 잠든 엄마의 얇은 앙가슴이 들숨과 날숨으로 종
잇장처럼 펄럭인다
예카테리나는 엄마의 얇아진 앙가슴으로 어린 날의
기억을 밀어 넣는다
이 얇은 앙가슴에서 옹알이를 했고

이 얇은 앙가슴에서 초경을 알았고
이 얇은 앙가슴에서 남자의 눈빛을 읽었다
얇아진 앙가슴은 열차 안의 모든 아낙들이었다
아낙들은 얇아진 앙가슴을 추레한 옷섶에 묻는다
아낙들 앙가슴은 보름 넘도록 기차 바퀴에 깔린다

홍역은 이미 열차 모든 칸에 전염되었다
가축 운반용 열차는 움직이는 병동이었다
소독 한 번 제대로 이루어지지 않은 불결한 공간이었다
전염병의 집단 발병은 또 다른 재앙이었다
죽음과 입 맞추고 있는 아이들은 입술이 검게 타들어
갔다
죽음은 한 가족의 모든 아이들에게 입 맞추기도 하고
갓난아이만 입 맞추기도 하고 미운 다섯 살에게 입 맞
추기도 하고
한 가족을 건너뛰기도 했다
열차간마다 아낙들 울부짖는 소리 끊이지 않았다
눈빛 굳은 아이를 끌어안고 울부짖던 아낙들은
지쳐 쓰러지기도 하고 실신으로 늘어지기도 했다
그때까지 살아 있던 노인들은 살아 있는 육신이 무거
웠다

나를 잡아갈 일이지

나를 잡아갈 일이지

열차 바닥을 치는 늙은 손에 푸른 멍이 들었다

사신은 노인의 어깨를 조용히 흔들었다

노인은 사신을 따라나섰다

영혼이 영혼을 따라가는 일은 흔했다

어느 열차간이나 죽음은 일상의 일이었다

슬픔도 지극하면 울음이 터지지 않았다

주검을 앞에 놓고 초점 흐린 눈빛들이

멍하니 천정을 바라보는 일이 잦아졌다

죽은 자들은 눈 쌓인 플랫폼을 밟고 떠나간다

죽은 자들이 밟고 갈 다음 플랫폼은 어디인지

　　　　＊

강제이주 열차는 수많은 주검들을 싣고 질주한다

　죽은 자들은 눈 쌓인 플랫폼을 밟는 일도 쉽지 않다

　질주하는 열차에서 마련하는 유택은 차가운 하늘이

었다

　질주하는 열차의 문을 열고 어둠 속으로 시신을 던지면

어둠은 말없이 시신을 받아주었다

시신은 선로로 추락하는 일이 없었다

어둠, 그 두렵고 두터운 사색의 층이 시신을 받아 대지
에 넘겨주었다

대지와 어둠은 강제이주 한인들의 가난한 영혼을 묵
묵히 기다리고 있었다

대지는 시신 위에 피어날 야생회를 예비하고 있었다

어린 주검 위에는 애기똥풀꽃 씨를,

늙은 주검 위에는 나팔꽃 씨를 뿌릴 것이다

여름꽃 위에 시베리아의 백야가 늦은 별들을 보내

꽃잎 떠나지 않은 영혼을 위해 어떤 노래 불러줄 것인지

열차의 문은 자주 열리고 닫혔다

그때마다 통곡이 어둠 속으로 풀려 나갔다

여러 겹의 통곡은 오래오래 풀려 나가며 잦아들었다

그것으로 한 생명의 소리 나지 않는 웃음 남아

살아 있는 귀들을 슬픔에 들게 했다

2층의 백군 출신 사내의 손자와 손녀가 불덩이다

사내의 아들과 며느리가 꼬박 사흘 밤을 새웠다

죽은 그 계집아이 때문이다

그 애가 홍역을 퍼뜨리고 죽은 거다

이 칸에 탄 아이들 모두 죽는다

사내는 보드카에 취해 떠들어댔다

사내의 아들과 며느리가 한 아이씩 안고 함께 고열을 견디고 있다

얘들 못산다니까 오늘 버티기 힘들어

아버님 어찌 그런 말씀을······

아이 엄마는 가슴이 찢어진다

아이 아빠는 사내를 등 돌려 앉는다

그 계집애 때문이라니까 그 계집애 땜에 우리 애들 죽게 되었다니까

사내는 사다리를 타고 아래층으로 내려왔다

이봐! 너도 그렇게 생각하지?

빅토르는 사내를 노려보았다

너, 나를 노려보면 어쩔 건데······ 내 말이 틀려? 틀리냐구!

사내는 하사관 출신 사내에게 동의를 구했다

선생, 그건 좀 지나치외다

뭐야? 지나쳐? 네 새끼들이 앓고 있으면 그렇게 말할 수 있어?

죽은 아이를 욕되게 하지 마시오 그 아이는 죽고 싶었

겠소?

너 볼셰비키지?

그렇소

너도 공범자야 우리 아이들 죽게 만든 공범이라구

말씀 삼가시오

뭘 삼가해 이 자식아!

술 취한 사내는 하사관 출신 사내의 멱살을 잡았다

두 사내는 삽시간에 한덩이가 되어 바닥을 뒹굴었다

2층의 민족 학교 교사인 사내와 빅토르가 간신히 뜯어말렸다

아낙들은 두 사내의 드잡이에 겁을 먹었다

아이들이 무서워 울음을 터뜨렸다

열차 안은 아수라장이 되었다

보따리가 뒤엉키고 이불 보퉁이가 나뒹굴고 밥그릇이 쏟아졌다

신음과 울음소리와 고함과 비명이 열차 안을 휘저었다

*

한인 강제이주 시베리아 황단열차 1호가

라즈돌리노예역을 출발한 지 20일 째

어떻게 여기까지 목숨을 이어왔는지

기적이라고 말할 수밖에 없었다

1차 한인 강제이주 마지막 열차가 나제진스크 구역의
한인들을 싣고

나제지노역을 출발한 날이 9월 21일이다

이 마지막 열차가 하바롭스크역에 정차해 있다

1차 이주 한인들은 시베리아 횡단열차의 노선 위에 널
려 있다

39개의 기관차가 끄는

임시 개조 객차 2,052량, 무개화차 77량, 유개화차
222량 위에

5만여 명이 실려 가고 있는 것이다

강제이주를 시작한 지 12일 만에

짐승의 모습으로 짐승이 타던 화물열차에 태워져

죽음의 시베리아 횡단철로를 질주하고 있는 것이다

    *

열차마다 수많은 죽음을 싣고 가는 시베리아 횡단열차

열차를 따라오던 강물도 질주에 밀려 멀리 달아나곤
했다

라즈돌리노예강이 열차의 질주를 놓쳤다
수이푼강이 열차의 질주를 놓쳤다
아무르강이 열차의 질주를 놓쳤다
앙가라강이 열차의 질주를 놓쳤다
우진카강이 열차의 질주를 놓쳤다

예니세이강은 열차의 질주를 놓치지 않았다
예니세이강은 지금 열차의 굉음을 따라 출렁인다

지마역을 지나 열차는 시베리아의 겨울로 질주한다
늪지 위에 눈이 쌓이기 시작한다
늪지는 수십 킬로미터씩 이어진다
낮아서 서럽던 늪지는 미답의 생명 길을 담고 있었다
한인들은 저처럼 늪지의 젖은 가슴이었다
늪지의 가슴으로 계절이 오고 또 가고
늪지의 가슴으로 슬픔이 오고 또 가고
늪지의 가슴으로 사랑이 오고 또 가고
늪지의 가슴으로 죽음이 온다 한들
무엇으로 이 황량한 질주를 견디어 사람을 가꾸겠는가
무엇으로 이 황량한 질주를 견디어 사랑을 가꾸겠는가
남쪽으로 위안처럼 따라오던 우진카강은

열차보다 먼저 서쪽 세상을 밝혀 얼음의 귀를 열 것이
지만
　강물을 보내고도
　열차는 지마역을 지나쳤다

　　　　*

　열차는 원목이 산더미 같은 타이쉬에트역을 지나쳤다
　마치 갈 길 바쁜 말처럼 열차는 숨 가쁜 질주 위에 놓
인다
　북쪽으로 펼쳐진 광활한 대지, 그 차가운 공간을 휘
몰아가는 칼바람
　남쪽으로 펼쳐진 울창한 자작나무 숲
　눈발이 휘날린다
　광란처럼 폭포처럼
　눈발이 휘날린다
　세상이 하얗게 침묵한다
　눈 쌓이는 소리가 들리는 듯하다
　빅토르는 문에 기대섰다
　손이 떨린다
　몇 끼를 걸렀는지 기억이 없다

예카테리나의 어깨가 더 얇아졌다

그녀의 눈빛이 허공을 맴도는 걸 보는 게 힘들다

달리는 열차로 눈발이 달려와 쓰러진다

열차가 서서히 속도를 줄인다

크라스노야르스크역이다

열차가 멎기를 기다려 경비병들이 플랫폼에 질서 있게 도열한다

빅토르는 보리스를 찾는다

수치스러워 목덜미가 붉어진다

흑빵이 필요하다 우린 너무 굶주렸다 이건 살아 있는 게 아니다 열차에 오르기 전 약속했던 것들은 하나도 지켜지지 않았다 위수사령관에게 말해라 아니다 스탈린에게 보고해라 당신의 국민이 지금 이처럼 굶주리고 추위에 떨고 있다고, 아니다 죽어가고 있다고 볼셰비키도 스탈린도 우리를 속였다 용서할 수 없다

넌 그게 문제야 지금 내게 도움을 청하는 거냐 볼셰비키를, 아니 스탈린 동무를 비판하는 거냐

빵이 필요하다

그렇게 겸손하게 말해라

빅토르는 목숨을 구걸하는 거라고 자신에게 말한다

목숨을 구걸해서라도 살아서 이 열차를 내려야 한다

얼마나 필요하냐

많을수록 좋다

그렇게 줄 수 있을 만큼 넉넉하지 않다

그래 네가 알아서 줘라

예카테리나를 불러라

왜?

흑빵을 달라며?

내가 가면 안 되겠니?

네게 줄 빵은 없을 거다

예카테리나가 보리스를 따라나섰다

뒤돌아보는 그녀의 표정이 안개꽃처럼 서럽다

초조하게 시간이 흘렀다

빅토르는 혹한 속에 발을 구르며 예카테리나를 기다
렸다

시베리아의 시간은 느리고 차갑게 흘렀다

기다리는 것쯤이야, 내게 아무것도 아니다

그가 스스로를 달래고 있는 동안

열차가 움직이기 시작한다

예카테리나가 돌아오지 않았다

빅토르는 달리는 열차의 손잡이를 잡고 뛴다
더 이상 뛸 수 없을 때서야 열차에 오른다
불길하다
예측 불허의 인간
보리스가, 아니다 러시아가 내 여자를 유린했다
소수민족의 젊은 여인을 유린한 것이다
그의 피가 거꾸로 솟는다

눈발이 그치자 밤이 시작되었다
설원은 쉬이 어두워지지 않았다
아득하고 아련하게 자작나무 숲이 흘러갔다
빅토르는 머리로 판자벽을 찧는다
눈빛이 붉게 충혈된다
열차는 설원을 질주한다
밤이 바람을 강철로 만들고
강철 바람이 설원을 쓸고 간다
판자 틈으로 강철 바람이 날카로운 끝을 찔러 넣는다
원형 난로에 불 꺼진 지 오래다
난로는 풍경을 이루고 있을 뿐
스스로의 체온으로 혹한을 이겨야 하는
사내들의 기진한 뼈다

아낙들의 쳐진 주름이다

노인들의 낡은 육신이다

아이들의 투명한 살이다

밤이 되면 가족들은 한덩어리로 껴안는다

체온이 새 나가지 못하게 틈을 만들지 않는다

빅토르는 예카테리나 엄마를 껴안는다

엄마에게서 가랑잎 냄새가 났다

혼곤한 잠에 빠져 있는 엄마는 꿈속에서 로자를 만나고 있는지도 모른다

로자를 만나기 위해 며칠째 잠을 자고 있는지도 모른다

엄마는 로자에게서 깨어나지 않았다

대지가 어둠을 힘겹게 밀어낸다

희붐하게 새벽이 온다

밤새 내린 눈으로 세상은 온통 순백으로 빛난다

순백의 거대한 대지 위를 서른아홉 량의 열차가 달리고 있다

열차마다 검은 얼굴들이 겹겹이 누워 있다

검은 얼굴들은 말을 잃은 지 오래다

말만을 잃은 것은 아니다

자식을 잃고 어버이를 잃고 아내를 잃었다

시베리아는 잠자는 땅이 아니다
시베리아는 유형의 땅이며 유민의 땅이다
유민의 땅이 순백으로 밝아온다
눈은 검은 얼굴들을 덮고 검은 얼굴들 절망을 덮고
굶주림을 덮고 더는 움직이지 않는 수많은 눈동자를
덮었다
그러고도 시베리아의 흰 눈은 덮지 못할 무엇이 있어
광활한 대지를 숨죽이게 한다
대지가 숨죽여 있는 동안
하늘은 구름을 벗어난다
하늘은 새들의 날갯짓 소리에도 챙그렁 소리를 내며
깨질듯 투명하다

빅토르는 열차 안, 어둠을 긁으며 밤을 지새웠다
어둠은 붉은 눈의 핏물이 배어 새벽에 떠났다
그는 어둠이 떠나는 소리를 들은 듯하다
아니다 새벽이 돌아오는 소리를 들은 듯하다
대지에 내려 쌓이는 눈의 접지 소리였나
발소리였나 눈을 밟고 오는 발소리를 들은 듯하다

돌아오지 않은 예카테리나

아니다 돌아오지 못한 예카테리나
무슨 일이 일어난 걸까
떨고 있는 예카테리나,
비명을 지르는 예카테리나,
열차를 뛰어내리는 예카테리나,
그의 불안은 더러운 상상에 검은 날개를 달았다

                    *

한인 강제이주 시베리아 횡단열차 1호는
붉은 기운을 가득 받으며
마린스크역으로 든다
새벽의 마린스크역은 침묵하는 무덤이다
수십 구의 시신이 플랫폼을 밟을 것이다
열차가 멎는다
빅토르는 튕기듯 열차에서 내려 뛴다
예카테리나와 보리스가 걸어온다
빅토르는 보리스의 얼굴을 향해 주먹을 날린다
오빠, 무슨 짓이야
그녀는 두 사람 사이를 가로막는다
가슴에 한 아름 안고 있는 흑빵이 흩어진다

보리스가 빅토르의 얼굴을 향해 주먹을 날린다
두 사내의 눈에서 푸른 불꽃이 타오른다
두 사내는 증오가 어떤 건지 순간에 알아버린다
보리스가 허리에 찬 권총을 한 번 쓰다듬고는
말없이 가버린다
예카테리나는 빅토르를 부축한다
빅토르는 비틀기리며 흑빵을 줍는다

엄마는 허겁지겁 흑빵을 씹는다
흑빵을 씹던 엄마가 눈물을 주르륵 흘린다
내가 빵을 먹고 있다니 로자가 먹지 못하는 빵을……
엄마는 씹던 흑빵을 밀어놓는다
예카테리나 눈에 이슬이 맺힌다
그녀는 흑빵 한 개씩을 다른 가족들에게 건넨다
흑빵 한 개는 목숨 하나다,라고 누가 말한다
빅토르는 흑빵을 넋 놓고 본다
흑빵 위로 보리스의 알 수 없는 웃음이 보인다
예카테리나는 그에게 말없이 흑빵을 내민다
빅토르는 끝내 예카테리나의 마음에 손을 얹지 않는다
개자식, 계획적이었어
그녀는 슬픈 눈으로 빅토르를 올려다본다

강물 소리가 들린다

강물 소리 위로 철새들이 몰려간다

그녀는 강물 소리가

아무르강이었는지

앙가라강이었는지

예니세이강이었는지

기억나지 않았다 강물 소리는 탄식처럼 그녀의 몸을
흐른다

강제이주 열차가 노보시비르스크역을 향해 질주를 시
작했다

하늘은 푸르고 깊었다

지평선에 흰 구름이 걸려 있다

지난밤 눈발을 흩던 바람은 대지에 입 맞추고 있다

마린스크역을 벗어나며 눈 덮이지 않은 대지가 보이기
시작한다

지평선 멀리까지 대지는 황량한 가슴을 열고 있다

드문드문 눈 덮인 구릉이 나타나기도 하고

앙상한 자작나무 숲이 보이기도 한다

검은 얼굴의 사내들은 스무이틀을 견디어냈다

아직 며칠을 더 견딜 수 있을지 모른다

마지막 열차는 겨우 여드레를 견디었다
그 여드레는 굶주림의 시작이며
혹한에 길들여지는 시간이다
여드레 동안 아이가 죽어 나갔고 어버이가 죽어 나갔다
시베리아 횡단열차의 철로 위에
수많은 죽음이 놓여졌다
수많은 통곡이 씌어졌다
수많은 절망이 깔렸다

한인 강제이주 시베리아 횡단열차 6호가
하바롭스크 외곽에서 전복되었다
한인 수백 명이 전복된 열차에 깔려 죽었다
멀쩡한 철로에서 기차 바퀴가 왜 이탈했는지 알 수 없
었다
크렘린에서는 알려고 하지 않았다
기관차 결함이었는지
인위적 탈선이었는지
전복 사고 자체를 은폐하려 했다
강제이주 한인 수백 명이 사망했다는 사실을 숨겨 조
용히 끝내고 싶었다
누가 죽었는지, 어떻게 죽었는지, 시신은 어떻게 처리

했는지

아무도 모른다 1937년은 어둠과 죽음이 뒤범벅이 된
저주의 한 해였다

1937년 9월 16일,
강제이주 일주일 동안 강제 이송을 담당한 사단장은
내무인민위원부에 당일까지 한인 4,925가구, 22,832
명을
중앙아시아로 출발시켰다고 크렘린에 보고한다

어둠의 열차는
분노의 열차는
절망의 열차는
죽음의 열차는
시베리아를 질주하고 있었다
시베리아 횡단열차의 쇠바퀴는 발정 난 들소처럼 철로
를 질주하고 있었다

간이역의 대피 철로에서 며칠씩 기다리던 열차
혹한의 시간들은 막막하고 막막했다
사내들은 검은 얼굴을 판자에 대고 언 대지를 휩쓸고

가는

강철 바람의 등을 보고 있었다

사내들에게 1주일은 돌아가기 싫은 십 년이었다

끝이 보이지 않는 백 년이었다

강제이주 1주일은 침묵하는 무덤이었다

침묵하는 무덤을 달빛도 건너뛰고 싶었다

폭압이었다

야만이었다

강제이주는 달빛조차 분노로 떨게 했다

1937년 9월 10일부터 1937년 9월 21일까지

1차 강제이주 한인 10,369가구 51,299명을

화물칸을 개조한 더럽고 추운 임시 열차에 태웠다고

말하는 건 이제 진부하다

목숨은 하나하나가 작은 우주라고 말하는 것도 진부

하다

진부하지 않은 것은 삶과 죽음의 경계를

하루에도 몇 차례씩 넘나드는 위태로운 질주였다는

사실이다

2차 강제이주 계획은 더 철저하고 조직적이고 폭력적

이고 살인적이었다

1937년 9월 24일부터 10월 25까지
한 달 간, 연해주의 한인 모두를 청소하듯 중앙아시아
로 쓸어 갔다
2차 강제이주의 대상은 연해주뿐 아니라 사할린과 캄
차카 거주 한인들까지
단 한사람의 예외도 없이 단 한 사람의 누락도 없이 열
차에 태웠다
85대의 열차에 태워진 한인들은
26,013가구 120,482명이었다*
한인들은 시베리아 횡단철로 위에 한 줄로 놓여 한 달
여를
죽음의 공포를 견디며 중앙아시아로 향했다
사내들은 조국이 그들을 버렸다고 울부짖었다
사내들에게 조국은 러시아였다
사내들에게 러시아는 자부심이었고 삶이었고 희망이
었다
그러나 사내들에게
조국은 없었다

• 중앙아시아로 강제이주된 한인들은 모두 36,442가구 171,781명이었다. 카자흐스탄에
20,170가구 95,256명이, 우즈베키스탄에 16,272가구 76,525명이 강제이주되었다.

아니다 조국은 있었다

고려가 조국이고 조선이 조국이고 대한제국이 조국이
었다

지금은 일제에 강점된 땅이 조국이었다

그리고 러시아가 조국이었다

사내들은 러시아 국민으로 살았고

아낙들은 연해주를 사랑했다

조국이 연해주를 강탈해 간 것이다

사내들이 연해주를 떠난 것이 아니라

연해주가 사내들을 떠난 것이다

사내들은 다시 분노할 것이고 절망할 것이고 죽음을
막아 설 것이고

사내들은 어디론가 끌려갈 것이고 끌려가서 돌아오지
못할 것이다

크렘린은 치밀했고 총구를 통과한 명령체계는 엄격해
졌으며

크렘린의 흉계는 철저하고 냉혹했다

크렘린의 거대한 살인 톱니바퀴에 한인 5만여 명이 물
려 들어갔다

모두 상처는 깊었고

짐승처럼 살아남아

중앙아시아의 황무한 땅에 이르기까지

가족의 누가 병마에 얹혀 언 문을 열게 될지

가족의 누가 굶주림을 견디지 못하고 언 문을 열게 될지

가족의 누가 혹한에 살과 뼈를 내주고 언 문을 열게

될지

빅토르는 어둠 속에 홀로 깨어 있다

배가 등가죽에 이르는 시간의 참혹함이라니

그러나 정신은 한층 맑아졌다

예카테리나에게 아무것도 묻지 말자

그 밤에 일어난 모든 사건은 일어나지 않은 것이다

그녀는 그 밤에 내 옆에 있었으며 시큼한 머리칼 내음을

내 턱밑으로 보내며 엄마를 껴안고 잠들어 있었던 것

이다

아니다 예카테리나는 그 시간에 내 옆에 있지 않았다

아니다 내 옆에 있었다

그는 온 밤을 예카테리나의 생각에 바쳤다

밤은 빅토르의 생각을 받아 더 깊었다

밤은 사내들의 검은 얼굴을 받아 더 깊었다

밤은 어둠 속에 달아나는 자작나무 앙상한 그림자를

받아 더 깊었다

                    *

　2층의 백군 출신 사내의 손자와 손녀의 신열이 내리지
않는다
　1층의 할머니가 2층의 앓는 아이를 보러 올라갔다
　할머니는 두 아이의 이마를 짚어보고
　불덩이 몸을 뒤집어보고 혀를 찼다
　쯧쯧 홍역은 아니구먼 감기야 감기가 깊어 폐렴으로
가는 중이야
　할머니는 1층으로 내려와 보따리를 풀었다
　할머니 보따리에서는 황토가 쏟아졌다
　할머니는 황토를 냄비에 안쳐 원형 난로에 올리고는
불쏘시개를 찾았다
　원 이렇게 불쏘시갯거리가 없다니 연해주 황토를 끓여
먹이면 곧 나을 텐데……
　할머니는 난감한 표정이었다
　예카테리나는 대학 교재를 꺼내 난로 옆으로 갔다
　열차 안에서 땔감으로 쓸 수 있는 것은 모두 난로에
던져 넣었었다

유일한 땔감은 책이었다

예카테리나는 책장을 뜯어 난로에 넣었다

이거 책이 아니가

네, 대학 교재예요

대학에서 배우는 책을 어찌……

아이들 병이 나아야 하니까요

할머니는 머리를 주억거렸다

불타는 것은 책이 아니었다

예카테리나는 꿈이 어떻게 사라지고 있는지를 보고 있다

학생들 앞에 서 있는 자신의 모습을 백 번도 천 번도 더 그려보았던 지난날들이 있었다

지난날들의 삽화는 아련하다

할머니 이걸로 아이들이 나을 수 있을까요?

낫구말구 이 흙은 연해주의 황토야 중앙아시아로 가져가려구 파 왔어 내가 어려서도 병이 나면 아버지가 황토를 끓여 먹였어 씻은 듯이 나았지 나서 자란 땅의 흙은 약이야…… 그 땅에 묻히고 싶었는데……

예카테리나는 코끝이 매웠다

난로가 달아오르며 황토 내음이 열차 안을 채웠다

황토 내음은 마음을 평화롭게 하는 마력이 있었다

황토 내음이 열차 안에 퍼지면서

사내들은 한결 순해졌다

아낙들은 한결 포근해졌다

아이들은 한결 유순해졌다

혹한도 굶주림도 잠시 잊을 수 있었다

황토 흙물은 앓는 아이들뿐 아니라 앓지 않는 아이들

식도로도 흘렀다

아이들이 환해졌다

        *

겨울비가 침엽수림을 안개 속에 세운다

침엽수들 그림자가 훌쩍 커졌다

열차는 낮은 지형을 질주한다

사내들 마음의 구릉을 질주하는 열차는

사내들의 나무바퀴를 철길 위에 놓았다

나무바퀴의 불안한 질주를 사내들은 견딘다

나무바퀴에는 얼마나 많은 강물 소리와 달빛이 박혀

있는지

얼굴 검은 사내들은 알고 있다

갈 수만 있다면 숲으로 돌아가고 싶다

숲은 사내들의 근육이 부푼 곳이다

사내들은 침엽수림을 돌아 자작나무 숲으로 나무바퀴를 굴린다

잎을 버린 자작나무 숲은 신성하다

사내들의 마음은 절망을 넘어서고 있는 것이 분명하다

봄 여름 가을을 보냈던 잎들의 자리에 사내들 마음을 단다

언제쯤 자작나무 숲이 검녹색으로 풍요로울 수 있을는지

겨울비가 오비 강물에 수천수만의 동그라미를 그린다

동그라미는 동그라미를 껴안고 강물로 숨는다

유유한 오비강이 열차의 가쁜 숨을 받아준다

강물에 열차의 긴 그림자가 잠긴다

잠긴 열차의 긴 그림자에서 검은 얼굴들이 솟아오른다

열차가 느릿느릿 플랫폼으로 들어선다

노보시비르스크역이다

역무원들이 열차를 맞는다

역무원들 표정이 굳어 있다

역무원들의 얼굴로 빗물이 흐른다

열차가 천천히 멈춘다

경비병들이 뛰어온다

경비병들은 살벌하다

경비병들이 도열하고 한참 후에나 검은 얼굴들이 내린다

모두 허리가 굽었다

검은 얼굴들은 허둥대며 철로를 건넌다

찬 겨울비가 얼굴에 들이친다

아낙 몇은 기차 밑으로 들어가 엉덩이를 내린다

강줄기가 가늘다

언 땅은 가늘고 따스한 강줄기로 열리지 않는다

열차를 내려서는 빅토르를 보리스가 막아선다

빅토르 너를 체포한다

경비병이 빅토르를 결박한다

네가 나를? 체포 이유를 대라 나쁜 자식

예카테리나가 울음을 터뜨렸다

보리스 어떻게 이럴 수가 있어?

예카테리나는 나서지 마라

보리스가 차갑게 말했다

빅토르를 따라나서는 예카테리나를 보리스가 제지한다

너는 갈 곳이 못 된다

보리스 왜 이러는데? 빅토르가 무슨 죄가 있는데?

국가 원수 모독죄다

예카테리나는 그 자리에 주저앉는다

노브시비리스크역의 겨울비가 예카테리나를 적신다

7. 우슈토베역 광장

노보시비르스크역에서 열차는 하룻밤을 정차했다
겨울비가 진눈깨비로 바뀌어 열차를 때리고 있다
검은 얼굴의 사내들과 아낙들은 펄럭이는 뱃가죽을
야윈 손으로 누르고 있다
정맥이 파랗게 손등을 흘렀다
아낙의 손등을 흐르는 정맥은 급류였다
아이들은 퀭한 눈으로
어미를 쳐다볼 뿐
입술을 달싹일 기력이 없다

예기치 않게 2층에서 통곡이 터졌다
민족 학교 교사의 아낙이었다
세 살짜리 아들이 움직이지 않는 눈동자를 엄마 품에
묻고 있다
아이가 앓는 내색조차 하지 않던 아낙이었다

예카테리나는 2층으로 올라갔다

나무사다리가 높고 멀었다

영혼은 언제나 먼 곳에서 고요한 것이었다

아낙의 어깨를 감싸 안은 예카테리나는 함께 흐느꼈다

몰랐어요 아이가 앓는지

닷새쯤 되었습니다 아무것도 넘기질 못했습니다

민족 학교 교사인 사내가 대답했다

사내도 소리 없이 울고 있었다

사내는 아낙에게서 아이를 받아 안았다

당신 뱃속의 아이를 생각해서 너무 울지 말아요

아낙의 어깨가 심하게 출렁였다

예카테리나의 어깨도 함께 출렁였다

슬픔은 물이랑처럼 깊었다

열차 안은 무섭게 조용했다

공기로 폐를 부풀릴 수 있는 자의 침묵은 침묵이 아니
었다

절규였다

지극한 슬픔을 나누어 위로를 건넬 수 없는 공간에

사내들도 아낙들도 있었다

예카테리나는 목이 뜨거워졌다

그녀는 열여덟이었고 세상은 벅찼다

아빠는 지금쯤 어느 철길 위에 계신지 알 수 없고
빅토르는 어떤 고초를 겪고 있는지 알 수 없다

막막하고 막막한 시간이 흐르고 있다
막막하고 막막한 공간이 흐르고 있다

어둠이 노보시비르스크역을 물들이기 시작했다
시베리아의 어둠은 조용하고 무거웠다
사내들의 검은 얼굴이 어둠에 익어갔다
밤이 깊어지고 2층의 아낙이 창자가 끊어질 듯 통곡
했다
통곡은 한 번으로 끝났다
아낙의 사내가 아이를 흰 이불에 말았다
아낙은 사내를 도와 이불을 여며주며 타이른다
아이야 얼지 마라 얼지 마라 어미 젖가슴 떠나 얼마나
춥겠니
사내는 어둠을 더듬어 아이를 안고 열차 밖으로 나갔다
아낙은 따라 내리지 않았다
1층의 하사관 출신 사내가 따라 내렸다
사내의 손에 삽이 들려 있었다
두 사내는 철길 너머 한참을 걸어 공터로 나갔다

플랫폼을 지키던 경비병도 그들을 제지하지 않았다

언 땅은 삽날을 받아주지 않았다
사내들은 공터에 어린 시신을 놓고 고개를 꺾었다
고이 잠들거라 아가야
아빠, 아빠 여기가 어디야? 나 추워 춥다구
아이의 애절한 목소리가 들렸다
멀리 도시의 불빛이 보였다
아가 여기는 노보시비르스크시 외곽이야 미안해 너
혼자 두고 가서 미안해
사내는 돌아섰다
사내는 걸음을 빨리했다
함께 온 사내가 뭔가로 주섬주섬 아이의 시신을 덮었다
그 사내도 걸음을 빨리해 열차로 돌아왔다

        *

열차는 움직이지 않고 있다
여러 겹의 선로가 동서로 흐르고 있을 뿐
언제 선로 위로 바퀴가 구르게 될지 모른다
경비병들 조용하고 완강한 발소리가 플랫폼에 여러 겹

으로 찍힌다

깊은 밤
1층의 전역 하사관의 아낙이 열차 밑으로 들어갔다
경비병은 뒤돌아섰다
아낙은 쉬이 나오지 않았다
그때 열차가 움직이기 시작했다
경비병은 급히 아낙을 불렀다
아낙은 경비병의 다급한 목소리를 들었다
벌떡 일어서던 아낙은 쇠뭉치에 머리를 부딪혔다
정신이 아찔했다
아낙은 움직이는 열차 바퀴를 건너야 했다
경비병의 목소리가 커지고 더 다급해졌다
아낙이 간신히 열차 밖으로 튀어나왔다
아낙의 발목에서 선혈이 낭자했다
아낙은 정신을 잃고 쓰러졌다
발목 하나를 시베리아 횡단철로에 내준 아낙은
끝내 떠나는 열차를 타지 못했다
하사관 출신 사내가 울부짖었다
두 아이가 따라 울었다
할머니가 두 아이를 품에 안았다

할머니의 눈에도 눈물이 고였다

시베리아의 비극은 예기치 않게 온다

혈육은 예기치 않은 비극의 통로다

　　　　*

라즈돌리노예역을 출발한 지 25일째
한인 강제이주 시베리아 횡단열차 1호는
마침내 시베리아 횡단철로를 버리고
중앙아시아로 내려선다
타슈켄트 노선이다
바르나울 지나 세메이 지나 진스크 지나 아야코스 지
나 우슈토베 지나 알마티 지나 비릀리크 지나 투르기바
스 지나 쉼켄트 지나 타슈켄트에 이르는 노선의 어느 간
이역에 강제이주 열차는 정차할 것이다

열차는 남으로 질주한다
바르나울역까지 하루가 걸릴 것이다
그보다 더 걸릴지도 모른다

열차의 공간 이동은 시간의 흐름과는 무관하다
시간은 공간을 거부하기 일쑤다
자작나무 군락이 사라진다
자작나무 숲이 사라지기 전에
자작나무 순백의 영혼이 먼저
자작나무를 버렸다
자작니무는 시베리아였으니
시베리아를 버린 것이다
영혼이 떠난 시베리아는 다만 드넓고 헐렁한 대지일 뿐
그 헐렁한 대지를 건너온 사내들의
가벼워진 뼈가 헐렁한 근육을 간신히 잡고 있다
이제는 누운 채 시간을 철길에 버리는 일조차 버겁다
아이들은 기진해서 쓰러져 잠 속에서 먹을 것을 찾지만
입안은 쓰디쓴 침이 고일 뿐
식도가 부어 고인 침조차 삼키지 못한다

이 죽음의 질주는 얼마나 더 계속될는지
종착지는 어디인지
철길은 참회를 모른다

유민의 길에 쏟아지는 가혹한 형벌의 끝은 어디인지

하루하루가 형극인 유민의 길을 혹 벗어날 수 있는 건지
철길은 참회를 모른다

사내들은 펄럭이는 뱃가죽을 더듬으며 생각한다
더욱 얼굴이 검어진 사내들에게
쓰러져 잠든 아이들은 운명이다
쓰러져 잠든 아내는 운명이다
저 가혹한 운명들을 어찌해야 하나
철길은 참회를 모른다

        *

황무지의 끝에서 붉은 해가 솟는다
남으로 남으로 질주하는 열차를
붉은 햇살이 잡아챈다
열차의 질주가 붉은 햇살에 얹힌다
황무한 대지가 붉게 물든다
검은 얼굴의 사내들 동공이 낯선 풍경에 크게 열린다
 높고 낮은 구릉이 누런 등을 펼쳐 보이며 끝없이 계속
된다
 황무한 대지 위에 떠오른 붉은 해는 무겁다

하루가 얼마나 느리게 흐를지를 사내들은 염려한다
혹 이 땅이 우리들이 살아가야 할
중앙아시아란 말인가
그럴 리가 없다
이렇게 황무한 모습으로 우리들을 맞지는 않을 것이다

자작나무 숲은 어디로 갔나
침엽수림은 어디로 갔나
그 많던 습지는 어디로 갔나
사내들은 검은 얼굴을 쓰다듬는다
시베리아를 건너온 수염이 덥수룩하다
이 땅은 사람이 살 땅은 아니다 설마 이 땅을……
사내들은 차창으로 흐르는 황무지를
눈에서 거두며 스스로를 위로한다
그 위안의 끝이 멀리 있지 않다는 걸 사내들은 예감한다
예감은 불안한 운명의 두려운 끈이다

몇 시간을 달려도 중앙아시아의 풍광은 달라지지 않
았다
황무한 땅, 숲도 보이지 않고 흰 눈도 보이지 않는 땅
황무한 적막이 켜켜한 땅을 강제이주 열차는 질주한다

질주는 적막의 주름을 깊게 접는다

적막과 적막 사이에 황무한 대지가 놓이고

대지를 휩쓸어가는 거친 바람이 있다

사내들은 저 거친 바람 앞에 서게 될 것을 예감한다

멀리 검은 숲이 차창으로 다가온다

이름을 알 수 없는 작은 마을이 다가온다

마을은 가난이 보이는 듯 지붕들이 나지막하다

황무한 대지를 적시는 강줄기가 빈약하게 흘러나가는

곳에

작은 마을을 이룬다 마을은 낯설고 초라하다

구릉에 드물게 게르가 보인다

게르 주변에 양떼들이 마른 풀을 뜯고 있다

유목의 경사가 계속되는 땅

어둠이 시작되는 시간이 붉다

        *

2층의 백군 출신 사내가 보드카 병을 들고

민족 학교 교사 사내에게 건너간다

술로 슬픔이 사라지겠소만 한잔합시다

고맙습니다

두 사내는 취기가 불러오는 석양을 안주 삼았다

슬픔이 술을 마시고

서러움이 술을 마시고

황무한 대지가 술을 마시고

마침내, 어둠이 술을 마셨다

자식은 또 낳으면 되는 거라

예, 그렇겠죠

가슴에 묻어야지 어쩌겠소

묻고 왔습니다 춥고 낯선 땅에 어린것을 묻고 왔습니다 아닙니다 가슴에 묻었습니다

술이 사내들을 마시기 시작했다

술은 사내들을 마시고 어둠을 마셨다

술이 어둠을 마시기 시작하면서

사내들의 고성이 열차를 흔들었다

1층의 할머니는 사내들이 불안했다

1층의 예카테리나는 사내들이 불안했다

2층의 아이 잃은 아낙은 사내들이 불안했다

사내들은 두만강을 울었다

사내들은 라즈돌리노예강을 울었다

사내들은 아무르강을 울었다

사내들은 예니세이강을 울었다
사내들은 앙가라강을 울었다
마침내, 사내들은
바이칼 호수를 울었다

사내들이 짐승처럼 우는 동안
열차 안은 불온했고 두려웠다
사내들의 울음은 판자 틈을 비집고
철로 위에 나뒹굴었다
철로 위에 나뒹구는 건 사내들이 아니었다
사내들의 식솔들이었다
중앙아시아로 이끌고 가야 할 아낙이고 자식들이었다
사내들의 울음은 지하 수천 미터에서 끌어 올리는
용암이었다
뜨거웠고
무거웠고
두려웠다

희붐한 새벽이었다
열차 안은 성에가 하얗게 끼었다
실내가 어슴푸레 보이기 시작했다

민족 학교 교사 아낙은 하체로 밀려오는 냉기에 잠을
깼다

그녀는 발가벗겨진 자신의 하체를 보고 놀라 일어나
앉았다

머릿속이 아득했다

그녀는 허겁지겁 속옷을 챙겨 입고 치마를 찾았다

그녀의 치미가 이웃 사내의 허리에 감겨 있었다

사내는 정신없이 곯아떨어져 있었다

그녀는 남편을 흔들어 깨웠다

남편은 부스스 일어나 앉았다

눈이 붉었다

여보 이자를 깨우세요

더 주무시게 두지

깨우세요 빨리

그는 사내를 깨웠다

사내는 엉거주춤 일어나 앉았다

돌아가세요

그녀의 싸늘한 눈초리가 사내의 등에 박혔다

나무계단을 내려가던 사내가 그녀를 뒤돌아보고 희죽
웃었다

그녀는 사내의 시선을 피했다

당신 왜 그래?

남편의 물음에 그녀는 대답하지 않고 이불을 뒤집어
쓰고 울음을 터뜨렸다

그녀의 울음은 황무한 카자흐스탄의 새벽, 거칠고 서
러운 땅에 번져나갔다

더러운 밤이 지나가고 있었다

그녀는 이불 속에서 홀로 실신하고 깨어나기를 계속했다

그녀는 다시 밤이 오기를 기다렸다

더러운 밤을 순결한 마음으로 기다렸다

    *

엄마는 밤낮 운다

아빠를 부르며 울고 로자를 부르며 운다

울다 묻는다 물음은 울음을 뒤로 숨긴다

예카테리나, 빅토르에게 무슨 일이 일어난 거니

아냐, 엄마, 친구 보리스에게 가 있다고 말했잖아

너 거짓말하고 있는 거 다 안다

거짓말 아니래두

하룻밤이 지났다

열차가 정차해야 오지 엄마

다음 역이 어디냐?

몰라, 아무도 몰라 엄마, 어디서 정차하게 되는지

답답하구나

엄마는 이불을 뒤집어쓴다 이불이 들썩인다

엄마의 울음은 열차 안의 모든 판자 조각과 판자를

고정시킨 나사못에 걸려

꺽꺽댄다 예카테리나는 꺽꺽대는 엄마 울음이 아프다

열차가 덜거덩거릴 때마다 덜거덩거리는

엄마의 울음은 해져 남루해졌고 끝이 풀려 있다

동상 걸린 엄마의 발가락이 검푸르게 부풀어 있다

엄마는 어젯밤 술 취한 사내가

헐떡이는 소리를 들었다

사내들은 밤이 두려웠다

욕망하는 몸이 두려웠다

캄캄한 열차 안, 온갖 욕망들이 뒤엉켜 용암처럼 흘러

넘쳤다

사내들은 욕망의 시들지 않는 발기가 두려웠다

생각의 벼리가 무너지고 마음의 결이 사방팔방으로

흩어지는 밤을 뜨거운 욕망으로 지새우는 날이 많았다

욕망이 몸을 세우면 모든 것이 쉬워졌다
중앙아시아, 그 황량한 땅도 욕망으로 쉬워지고
어느 간이역의 느닷없는 하차도 욕망으로 쉬워지고
열차 밖으로 던지는 시신도 욕망으로 쉬워지고
욕망은 욕망하는 것들을 핥고 빨고 짓이겼다
욕망은 오늘을 눈감게 했다
질끈 눈감으면 못 할 일이 없었다
사내들은 이미 질끈 눈감는 일에 익숙해져 있었다

아낙들은 질끈 눈감을 수 없었다
아낙들은 시퍼렇게 눈 떠 사내들을 지켜보았다
용서할 수 없는 일들, 짐승 같은 짓들을
지켜보며 칼날을 품었다
칼날은 먼 강물 소리도 삼키고 달빛 소소한 밤도 삼켰다
그럴 때마다 칼날은 예리해졌다
예리한 칼날을 먼저 휘두른 건 2층 백군 출신 사내의
아낙이었다
아낙은 열차 안이 어둑해지는 시간에 사내의 가슴을
찔렀다
칼날은 그 순간 돌아눕던 사내의 어깨를 파고들었다
아악!

사내가 비명을 질렀다

짐승만도 못한 인간

아낙이 다시 칼을 높이 드는 순간 사내는

아낙의 팔목을 비틀어 잡았다

이년이 미쳤나?

그래 나 미쳤다 짐승 같은 인간아

사내는 아낙을 올라타고 주먹을 날리기 시작했다

악을 쓰던 아낙이 조용해졌다

감히 서방에게 칼질을 해?

사내는 보드카 병을 들고 씩씩거렸다

민족 학교 교사의 아낙은 가슴에 품었던 칼을 조용히
내려놓았다

            *

강제이주 열차는 황무한 땅을 질주한다

황량한 풍광이 차창을 가득 채운다

사내들은 물끄러미 황량한 풍광이 스쳐 지나가는 밖
을 보고 있다

남으로 이동하면서 혹독한 추위가 누그러지는가 싶지만

살을 에는 바람을 피할 수는 없다

칼바람 위에 굶주림이 놓인다

굶주림은 우렁 같은 눈자위를 만든다

푹 꺼진 눈자위 속에 초점 없는 눈동자를 느리게 굴린다

어느 가족이나 죽음 같은 시간을 가까스로 견딘다

씨앗으로 가지고 온 날콩으로 허기를 달래는 가족이
있다

씨앗으로 가지고 온 날팥으로 허기를 달래는 가족이
있다

씨앗으로 가지고 온 낱알들이 허기를 달래는 마지막
식량이었다

볍씨만은 먹을 수 없었다

볍씨는 내일이었다

오늘을 굶고 내일을 준비해야 했다

오늘을 버릴 수는 있어도 내일은 버릴 수 없었다

살아남아야 한다

살아남아야 한다

사내들은 헛것처럼 되뇐다

살아남아야 한다

*

　열차가 속도를 줄이며 세메이역으로 든다
　간이역 세메이는 허허벌판에 초라한 역사를 석양에 놓
았다
　역사는 붉게 물들어 타오르는 듯 보인다
　열차가 서자 경비병들이 느릿느릿 플랫폼에 도열한다
　목적지가 가까워지는지 경비가 느슨해졌다
　예카테리나는 몸을 추슬러 중앙에 자리한 객차로 갔다
　쿠페객차는 장교들의 숙소였다
　보리스는 냉랭했다
　빅토르를 풀어줘 보리스
　빅토르는 여기 없다
　그럼 어디 있어?
　노보시비르스크에서 하차시켰다
　왜? 어째서?
　놈은 재판받게 돼
　보리스 이러지 마 내가 이렇게 빌게, 빅토르를 풀어줘
　내 권한 밖이야, 그리고 너 잘 들어, 나는 너를 흑빵과
바꾼 거야
　그것으로 끝이었다

242

보리스는 숙소에서 다시 나오지 않았다

예카테리나는 플랫폼을 비틀거리며 걸었다

빅토르! 빅토르! 빅토르!

그녀는 그의 이름을 불렀다 목에서 피가 넘어왔다

그가 전기의자에 앉아 있다

그가 채찍에 등이 패었다

그가 시베리아 유형지를 맨발로 걷고 있다

발목에는 무거운 족쇄가 채워져 있다

그녀는 고개를 흔들었다

아니야! 아니야! 아니야!

세메이역을 떠난 열차가 다시 황무한 대지를 가르며
질주한다

수많은 구릉이 나타났다 사라지고 나타났다 사라진다

아득하게 산맥이 흐르는 듯하다가 또 다시 구릉이 시
작된다

황무한 대지는 적막하다

살아 움직이는 무엇도 없다

구름 그림자가 이따금 구릉을 지나갈 뿐

소리가 사라진 대지는 무섭게 적막하다

검은 얼굴의 사내들은 적막의 긴 터널을 건너고 있다

얼굴은 더욱 검어지고 어깨뼈가 귀밑까지 올라가 있다
노인들도 적막하고
아낙들도 적막하고
아이들도 적막하다

적막한 땅을 한인 강제이주 열차는 하루를 더 질주한다

       *

누런 해가 솟고 있었다
열차가 속도를 줄인다
빠른 속도로 내닫던 풍경이 천천히 다가온다
플랫폼에 들어선 열차가 서서히 멈추어 섰다
경비병들의 발소리가 빨라졌다
호루라기 소리가 요란했다
모든 짐을 챙겨 하차하라는 통지가 돌았다
검은 얼굴의 사내들은 허둥대며 짐을 챙겼다
검은 얼굴의 아낙들은 검은 얼굴의 아이들 손을 찾았다
더러는 노인을 부축해서 플랫폼으로 내려섰다
플랫폼을 검은 흙먼지가 쓸고 지나갔다
광장은 텅 비어 있었다

광장 한 모퉁이에 까마귀 떼가 앉아 있었다

이제는 죽지 않아도 될 것 같소

전역 하사관 사내가 말했다

많은 가족을 잃었소

민족 학교 교사인 사내가 말했다

나를 용서하시우

백군 출신 사내가 말했다

아무도 그의 말을 받아주지 않았다

예카테리나는 엄마를 부축해서 플랫폼을 밟았다

이삿짐 운반은 전역 하사관인 사내와 민족 학교 교사인 사내가 도왔다

우슈토베역 광장은 낯설었다

경비병들의 눈빛이 벌겋게 충혈되어 있었다

호루라기 소리는 더욱 날카롭게 우슈토베역 광장을 찢었다

사람들이 우루루 광장으로 몰려나왔다

그때였다 누군가 크게 소리쳤다 사내들이 몰려들었다

저 자식이다 저놈을 밟아버리자 신한촌에서 우리들 집을 빼앗은 앞잡이놈이다

검은 얼굴의 사내들이 한 사내를 잡아 광장에 패대기쳤다

이 개자식 너 죽어봐라

밟아 죽여! 이 앞잡이새끼를 밟아 죽이자고

사내들은 흥분했다

사내들에게 발길질을 당하고 있는 사내는 놀랍게도 2층의 백군 출신 사내였다

경비병들이 뛰어들어 말렸지만

사내들의 분노는 쉬이 가라앉지 않았디

얼마나 발길질을 당했는지 사내는 움직이지 않았다

사내가 움직이지 않자 발길질을 하던 사내들이 손을 털며 흩어졌다

경비병들이 축 늘어진 사내를 끌고 갔다 팔다리가 부러져 건들거렸다

겁에 질려 있던 사내의 아낙이 사내를 부둥켜안고 통곡했다

민족 학교 교사인 사내는 멀찍이서 사내가 당하는 공개재판을 보고 있었다

그는 아낙의 어깨를 조용히 안았다

아낙은 떨고 있었다

1937년 10월 9일의 일이었다

죽음의 여정 한 달, 크렘린은 강제이주 첫 열차의
한인들을 카자흐스탄의 동부 우슈토베역에 하차시켰다

우슈토베역은 황량했다
중앙아시아의 10월은 혹한의 입구였다
바람이 거칠었다
바람은 방향 없이 우슈토베역 광장을 휩쓸고 다녔다
한인들은 카자흐스탄 소비에트 사회주의 공화국 경비
병들에게 인계되었다
경비병들은 눈매가 날카로웠다
그들의 눈빛에는 알 수 없는 증오심이 보였다
한 달 동안 몸에 물 칠해보지 않은 사내들이었다
목숨을 부여잡고 하루하루를 죽음과 맞서던 사내들
이었다
역겨운 냄새가 광장을 채웠다
이보다 더 지독한 냄새는 없을 것 같았다
냄새는 사람이었다
머리칼 냄새, 겨드랑이 냄새, 사타구니 냄새, 입 냄새가
사내를 이루고 아낙을 이루었다
지독한 냄새는 지독한 삶의 증거였다
지독한 두려움과 지독한 추위와 지독한 굶주림과

지독한 욕망을 넘어왔다

그렇게 살아서 지금, 여기

카자흐스탄의 우슈토베역 광장에 서 있는 것이다

사내의 모습을 한 사내는 없었다

아낙의 모습을 한 아낙은 없었다

혹독한 철길을

혹독한 감시를

혹독한 냉대를

견디어준 몸이 고마울 뿐

흙을 밟고 서 있는 발바닥이 대견할 뿐

이렇게 고통스런 삶이라면 차라리 죽는 편이 낫다던

사신의 유혹을 뿌리칠 수 있게 해준 헐벗은 영혼이 자

랑스러울 뿐

누가 이들이 인육을 먹는다 했던가

악의에 찬 헛소문으로

카자흐스탄인들은 우슈토베역에 얼씬도 하지 않았다

사선을 넘나들며 시베리아 횡단열차 속의 짐승 같은

삶을 견디며

인간적인 품위를 잃지 않았던 한인들에 대한 모독이었다

한인들은 이삿짐을 이고 지고

어린것을 업고 걸리고

늙은이를 부축하고

경비병들의 날카로운 호루라기 소리에 밀려

남으로 발걸음을 옮기기 시작했다

대오는 출발하면서 흐트러졌다

가족을 잃지 않으려는 사내들이

이리저리 기웃거리며 아낙을 찾고 아이들을 챙겼다

도보 이동은 느리고 힘겨웠다

발걸음은 천근이었다

느린 발걸음은 유형지의 족쇄보다 더 깊이 땅속으로

가라앉았다

사내들은 무거운 발걸음을 옮기다

잠시 먼 남쪽 하늘을 보았다

황색 하늘 끝자락에 아득한 산맥이 보였다

천산산맥이었다

사내들은 아득한 산맥이 천산산맥인 줄 몰랐다

고국의 산맥이 저처럼 아득했던 기억으로

주르륵 눈물이 흘렀다

*

중앙아시아 강제이주 열차 1호부터 39호는 어디로 가서
검은 얼굴의 사내들과 아낙들과 노인들과 아이들을
하차시켰는지
아는 사람은 없다

크렘린의 극비문서에는 '1937년 9월 10일부터 카자흐
스탄 소비에트 사회주의 공화국과 우즈베키스탄 소비에
트 사회주의 공화국으로 극동지방의 이주민을 실은 39
대의 소송열차가 급속히 이동 중에 있으니 다음 사항을
제안한다'고 쓰여 있다
'이동 중이나 역에서 폭동이 발생할 경우 강력한 조치
를 취할 것, 이주민 내에 전소연방공산당과 전소연방레
닌공산주의 청년조직 구성원이 있으니 고려할 것'을 명
령한다
강력한 조치는 체포해서 3인 재판을 거쳐 총살하라
는 의미였다
열차가 설 때마다 내무인민위원들이 칸마다 불평분자
들을 색출하느라 혈안이었던 것은 폭동을 예방하기 위
한 조치였다

사내들 중에 공산당원이나 레닌공산주의 청년조직에 가담한 사내들이 있으면 이들을 첩자로 이용해서 불평분자들을 색출하라는 밀령이었다

열차간마다 공산당원이 있었고 청년조직에 가담한 사내들이 있었다

그들이 모두 첩자 노릇을 하지는 않았다

그러나 용케도 불평분자들을 정확하게 찍어냈다

끌려 나간 사내들은 돌아오지 않았다

미아가 된 열차 10호는 라즈돌리노예역에서 출발할 때 목적지가 정해지지 않았다

1천 5백여 명의 강제이주민들은 정처 없는 길을 떠난 것이다

목적지 없이 떠난 10호 열차는 어디로 갔을까

10호 열차만 그랬을까

1937년 8월 21일의 전소연방공산당중앙위원회 결의안 No. 1428-326cc호가 발효된 직후에 카자흐스탄 소비에트 사회주의 공화국에서는 1만 4천 6백 가구의 수용 계획을 세웠다

그대로 배치되었을까

알마티주의 카라탈에, 카라간다주의 카루글라에, 북카자흐스탄주의 그라스노아르메이스키에, 아크주빈주

의 야르-무하메도프스키에, 쿠스나이스키주의 크라스느이 파르티잔에, 카잘린스크에

그 밖에 벼와 사탕무 재배 지역에, 목화 재배 지역에, 잡곡 재배 지역에

계획대로 배치되었을까

그랬다면 어째서 1938년 봄에 대이동으로 불리는 재배치가 이루어져야 했을까

재배치는 20킬로미터에서 4,000킬로미터까지 이루어지지 않았던가

아무렇게나 버려지고 부려진 사내들과 아낙들과 아이들과 노인들이었다

아무렇지도 않게 집단 살육을 감행한 크렘린이었다

시베리아 횡단철도에서 혹한과 질병과 굶주림으로 죽어간 영혼들,

그들의 뼈가 채 흙과의 경계를 허물지도 못한 짧은 시간에

강제이주 한인들은 폭동을 일으킬 수도

그렇다고 스스로 목숨을 끊을 수도 없는

황무하고 거친 땅, 식수도 농사지을 땅도 없는 황무한 땅에 버려졌다

도망칠 수 없는 시골의 간이역이 하차 역이었다

강을 건너고 황무지를 지나고 반사막 지역에 짐을 풀게 했다

그곳에서 살아남아 벼농사를 꿈꾸고

그곳에서 살아남아 채소 농사를 꿈꾸고

그곳에서 살아남아 목축을 꿈꾸고

그곳에서 살아남아 학교를 꿈꿨다

독하고 독한 사내들이었다

독하고 독한 아낙들이었다

독한 사내들과 아낙들이 황량한 벌판을 느리게 가는 모습을

우슈토베역 광장은 오래도록 보고 있었다

8. 부슈토베의 까마귀 떼

황색 해가 중천에 걸렸나

황갈색으로 채색된 황무한 땅은 초겨울 바람에 쇳소
리로 울었다

바람은 강제이주의 끝 길을 가고 있는 사내들 가슴을
시리게 파고들었다

강제이주의 끝 길은 늪지 사이를 끊일 듯 이어져갔다

늪지를 덮고 있는 갈대들이 바람에 서걱서걱 낮은 하
늘을 그었다

갈대들은 지쳐 허리를 꺾었다

허리 꺾인 갈대들은 누추해진 몸을 늪지에 버렸다

누추해진 몸을 버리기 위해

사내들은 남루한 한 달을,

아니다 남루한 일생을

마음의 지도에 없는 땅,

카자흐스탄의 동쪽 황무한 땅, 부슈토베를 밟는다

사내들은 수많은 죽음을 건넜다
죽음은 지류가 많은 강 같아서
어느 하구를 건너도 사지였던 사내들,
사내들은 산맥을 보며 그 아득함에 울었다
사내들을 설레게 했던 산맥은
사내들의 관절이었고
사내들의 여인이었다
늘 삐끗, 어긋나거나
품을 수 없는 경사였다
그 어긋남이, 그 빛나감이 산맥이었다
산맥은 아득하고 아득하여 눈물이었다

느리고 지루한 행렬은 한나절을 걸려
부슈토베의 야트막한 언덕에 닿았다
그곳에는 주택도 옥토도 없었다
황량한 바람이 언덕을 휩쓸고 갈 뿐
거친 바람에 실려 온 모래알들이
입속에서 버석거리는 부슈토베였다

이곳이 당신들의 주거지다 짐을 풀어라

카자흐스탄 경비병들은 차갑게 명령했다

허탈하지 않았다

절망하지 않았다

분노하지 않았다

불길했던 예감은 사내들의 목뼈를 놓아주지 않아 불
면이있다

예감은 예감 그대로 이루어지는 것이어서 두려운 것이다

지금, 어떤 일이 벌어지고 있는지 깨닫게 된

사내들은 온몸을 부들부들 떨며 소리쳤다

이게 말이 되는가? 진정 스탈린의 명령인가?

누구의 명령이건 당신들의 주거지는 여기다 부슈토베
의 낮은 언덕, 이곳이다

사내들은 그 자리에 털썩 주저앉았다

아낙들도 그 자리에 털썩 주저앉았다

노인들은 그 자리에 길게 누었다

우리는 속았다

크렘린이 우리를 속였다

사내들이 웅성거리기 시작했다

사내들의 눈빛이 짐승으로 변했다

짐승의 눈빛은 살기를 띠기 시작했다

경비병들은 하늘을 향해 여러 발의 총을 쏘았다

도망칠 길은 없다 도망자에게는 바로 조준 사격한다

사내들은 조용해졌다

누군가 외쳤다

이 추운 계절에 무슨 방법으로 여기서 살라는 건가

방법은 당신들에게 있다

우리에게 무슨 방법이?

그걸 내게 묻지 마라 상부의 명령이 거기까지다

경비대장은 하늘을 향해 몇 발의 총탄을 더 쏘아댔다

한 사내가 일행을 향해 소리쳤다

여러분! 개죽음하지 맙시다 여기가 우리들의 묘지라
면 우리들 스스로 무덤을 지을 수밖에 없습니다 당장 오
늘밤을 지나야 합니다 토굴을 팝시다 그리고 지붕은 지
천으로 널린 갈대를 씁시다 가구마다 토굴 하나씩을 해
가 지기 전에 팝시다 그게 살길입니다

일순 정적이 흘렀다

다른 사내가 말했다

그게 살길인 거 같소

사내들은 삽을 챙겨 토굴을 파기 시작했다

수백 개의 토굴을 파기 시작했다

젊은 사내들은 해 지기 전에 토굴 파는 일을 끝낼 수
있을 것이다

예카테리나는 엄마를 차가운 땅에 눕혔다
언젠가는 이 땅에 눕게 될 엄마였다
엄마는 희미하게 웃었다
희미한 엄마의 미소는
예카테리나에게 줄 수 있는 엄마의 전부였다
검은 모래알들이 바람에 쓸려가다
엄마의 치마폭으로 쏟아져 내렸다
엄마는 눈을 감았다
이대로 눈 뜨지 말았으면 했다
포시예트의 양지바른 언덕이 다가왔다
흰 구름덩이가 산줄기에 얼굴을 부비고 있다
자작나무 숲이 환하게 다가왔다
가슴 시리게 푸른 아무르만의 물빛이 환하게 다가왔다
젊은 남편이 환하게 다가왔다
덧니가 눈부시게 빛났다
남편의 얼굴보다 먼저 본 것이 덧니였다
로자가 머루알 눈빛을 가슴 가득 안겼다
엄마는 환하게 웃었다

환한 엄마의 웃음은 지워지지 않았다
엄마의 영혼이 부슈토베의 누런 하늘을 날아올랐다

예카테리나는 이삿짐 속에서 삽을 찾아 토굴을 팠다
마른 땅은 삽날을 쉬이 받아주지 않았다
얼마나 시간이 흘렀는지
그녀의 손에 물집이 잡히고 피가 맺혔다
민족 학교 교사인 사내가 이마의 땀을 닦으며 다가왔다
예카테리나의 삽을 잡았다
네 힘으로는 안 될 거야
그녀의 붉은 볼 위로 주르륵 눈물이 흘렀다

누런 해가 지고 어둠이 부슈토베의 검은 땅을 적시기
시작했다
횃불이 밝혀지고 사내들의 손길이 바빠졌다
경비병들은 삼엄했다
경비병들은 갈대를 구하러 늪지로 이동하는 사내들
을 따라다녔다
모닥불은 밤새 꺼지지 않았다
새벽녘에야 모든 토굴에 갈대지붕이 덮였다
그것으로 크렘린이 약속한 주택이 완성된 것이다

횃불이 꺼지고 모닥불이 사위어갔다
예카테리나는 토굴 바닥의 갈대를 고루 폈다
엄마, 여기가 우리 집이에요 엄마가 누울 방이에요
그녀는 엄마를 깨웠다
엄마는 눈 뜨지 않았다
푹 꺼진 눈에 어둠이 고여 있었다
어둠은 잠시 흔늘리는 듯하다 깊이를 더했다
그녀는 엄마를 안아 일으켰다
엄마는 언 몸을 그녀에게 맡겼다
그녀는 미친 듯 엄마를 불렀다
엄마는 끝내 대답하지 않았다

엄마를 토굴마을 위쪽 양지바른 땅에 묻었다
토굴마을 첫 무덤이었다
여러 사내들이 엄마의 야트막한 봉분 위에 눈물자국
을 남겼다
토굴마을의 장례는 계속되었다
아이들이 묻히고
노인들이 묻히고
병약한 아낙들이 묻혔다
검은 땅 부슈토베 언덕은 이틀 사이에

수십 구의 시신을 받아 조용히 몸을 열었다
지친 가족들은 울 힘조차 없었다
장례는 묵묵히 이루어졌다
묵묵히 봉분이 솟아나고
묵묵히 묘지석이 세워졌다
영혼들은 자신의 초라한 묘비를 달빛으로 씻고 또 씻
었다
밤새 씻긴 묘비에서 바람 냄새가 났다

누런 해가 솟았다 지고 솟았다 졌다
방향 없는 바람은 검은 흙먼지를 묵묵한 봉분 위에
뿌렸다
방향 없는 바람은 검은 흙먼지를 사내들 가슴 위에 뿌
렸다

부슈토베의 겨울은 혹독했다
바람 많은 땅,
부슈토베는 아낙들의 말소리를 얼음장 밑에 가두었지만
아이들은 혹한 속을 뛰어다니며 언 눈을 천산산맥을
향해 던졌다
아이들의 마음은 천산산맥을 넘어 타클라마칸 사막

을 넘어
　연해주에 닿았다
　연해주에는 아이들의 모든 것이 있었다
　등굣길이 있었다
　선생님이 있었다
　연자방아가 있었다
　자작나무 숲이 있었디
　라즈돌리노예강이 있었다
　그리고, 무지개가 있었다

　부슈토베의 하늘은 언제나 누렇게 열려 있었다
　사내들은 하루에도 몇 번씩 토굴을 나와 누런 하늘을
보았다
　검은 땅도 땅이어서
　사내들은 땅을 만져보고 땅을 굴러보고 땅을 두드려
보았다
　이 땅에 볍씨를 뿌리는 거다
　이 땅에 콩을 심는 거다
　마침내, 이 땅에
　땀을 파종하고 눈물을 파종하고 나머지 생을 파종하
는 거다

사내들은 혹한을 견디며 봄을 기다렸다

혹한 속에서 공동묘지는 점점 그 영토를 넓혀갔다

영토가 넓어지면서 달빛이 묘지에 머무는 시간도 길어졌다

언 땅은 슬픔을 받아주지 않아 주검이 얼어터지기 일쑤였다

통곡 옆에 통곡이 섰다

갈대 초분이 기다리는 계절은 사내들이 기다리는 계절과 겹쳤다

예카테리나의 기다림은 사내들의 기다림보다 멀었다

그녀는 홀로 토굴집을 지켰다

토굴집은 늘 추웠다

그녀는 토굴 밖의 세상을 몰랐다

가끔 민족 학교 교사의 아낙이 찾아와 먹을 것을 두고 갔다

예카테리나는 치마 속으로 손을 넣어 배를 쓸어보았다

배는 조금씩 탱탱하게 불러왔다

두려워서 울었다

생명의 감동으로 울었다

너는 흑빵과 나를 바꾸었다 했지만 나는 새 생명과

나를 바꾼 거야

　그녀의 나이 열아홉은 새 세상에 바치는 헌사였다

　울음의 끝은 천산산맥으로 오르는 붉은 해였다
　붉은 해는 중천에 이르러 누런 해로 바뀌고
　바림은 마른 갈대숲올 이리지리 헤집고 디녔다
　예카테리나는 갈대숲에 앉아 몇 시간씩 보냈다
　빅토르는 갈댓잎을 흔들어 오열하는 바람을 보내주었다
　바람은 말이었다
　바람은 속눈썹이었다
　어느 날의 바람은 눈물의 여린 살갗을 어루만지다 천
산산맥을 넘어갔다
　어느 날의 바람은 속눈썹의 떨림을 지켜보다 늪지로
내달았다
　그녀는 바람 떠난 자리를 손바닥으로 쓸어보았다
　빅토르의 어깨뼈가 만져졌다

　뼈는 시간을 가로지르는 빛이었던 것이다
　뼈와 뼈가 부딪는 시간은 영원이다
　영원한 것은 중앙아시아에는 없다

그녀는 바람 떠난 언 흙에서 영원을 만져본다
영원은 자루 속에 든 송곳처럼 날카롭게 만져진다
영원은 황무지의 황무한 바람 속에서 새 생명의 발가
락을 만든다

배가 불러오며 예카테리나는 천산산맥을 보는 날이
많아졌다
천산산맥은 보는 시간에 따라 색깔이 달라졌다
아득한 보라색이다가
가까운 암청색이다가
머어언 청회색이다가
마침내 회적색으로 저물어갔다
그녀는 종일 양지바른 묘지에 앉아
불룩한 배를 쓸어내렸다
생명을 몸 안에 기르는 일은
두려움이었다
환희로움이었다
때로 원망하고
때로 절망하더라도
몸 안의 새 생명은 소중하고 애틋했다

그녀의 나이 열아홉은 새 생명에 바치는 헌사였다

열아홉은 소망이었다
열아홉은 좌절이었다
열아홉은 절망이었다
그리고 열아홉은 슬픔이었다
그녀의 뱃속에 보름달이 들어찼다
달빛은 그녀의 내장과 뼈마디와 슬픔을 비추었다
달빛은 빅토르의 뒷모습을 비추었다
얼굴이 생각나지 않았다
목소리가 생각나지 않았다
그의 어깨뼈와 대퇴부가 달빛에 드러났다
참혹했다
뼈마디마다 푸른 독이 맺혀 있었다
오빠, 이건 내 탓이 아니야 굶주림 탓이야 아니야 내
탓이야 내 탓이야
그녀는 갈대밭 바닥에 얼굴을 묻었다
오빠, 돌아오지 마 내게 돌아오지 마

*

매일 공동묘지에 통곡을 묻고

매일 마른 갈대를 꺾고

매일 사내들은 싸움을 하고

매일 경비병들이 다녀갔다

그래도 계절은 왔다

천산산맥이 가까워지고

황무한 구릉이 부드럽게 다가왔다

누구도 희망을 말하지 않았다

누구도 절망을 말하지 않았다

사내들은 희망하고 절망하는 일에 익숙했다

사내들의 두터운 손바닥에 새 계절이 만져졌다

새 계절은 바람 냄새였다

메마른 바람 냄새 속에 촉촉한 물기가 묻어났다

멀리 황무한 대지를 쓸고 가는 흙먼지에

햇살의 미세한 알갱이가 얹혀 눈부셨다

사내들에게 햇살은 환희로움이었다

언 땅 풀리면 물길을 낼 것이다

언 땅 풀리면 논을 뜨고 밭두둑을 고를 것이다

땅은 목숨이었으니
땅은 식솔이었으니
사내들에게 계절은 혹독했지만 땅은 따뜻할 것이다

경비병들이 물러가고 부슈토베는 조용했다
공동묘지도 조용했다
마른 갈대도 조용헀다
우슈토베의 내무위원회에서도 부슈토베의 삶을 버려
두었다
강제이주 한인들이 혹독한 추위를 어떻게 견디는지
무엇으로 연명하는지 관심 밖이었다
사내들은 남은 식솔들을 봄까지 지켜야 했다
사내들의 표정이 한결 밝아졌다

4월이 오면 땅이 돌아올 것이다
4월이 오면 물이 돌아올 것이다

아직 오지 않은 4월은 부슈토베 토굴마을을 들뜨게
했다
부슈토베 양지바른 언덕에 아지랑이가 피어올랐다
아지랑이는 공동묘지에서 시작되어

토굴마을에 들불처럼 번졌다
사내들 마음속의 들불이었다
아지랑이 들불과 함께 현지인들의 아지랑이 마음도
타올랐다
한인들은 식인종이 아니었다고
눈빛이 따뜻하다고
정이 많다고
부슈토베까지 먹거리를 가져다주었다
현지인들의 도움으로
사내들은 살 집을 마련하기 시작했다
살아가기 편리한 우슈토베 근처에 집을 짓기도 하고
빈집을 빌리기도 하고 폐가를 수리하기도 했다

　　　　＊

4월이었다
아지랑이가 천산산맥을 일렁이게 했다
천산산맥은 아지랑이의 일렁임 속에서
산색을 바꾸며 사내들의 가슴에 불씨를 지폈다
사내들은 천산산맥을 바라보며 주먹을 불끈 쥐었다

해낼 수 있다
살아갈 수 있다

갈대가 지천으로 널렸다면 볍씨를 받아줄 땅이다
사내들은 천산산맥의 보랏빛 산색을 보며 볍씨를 골랐다
굶주림 속에서도 볍씨만은 지켜왔던 사내들은 미소를 지었다
사내들의 미소 속에 모든 내일이 있었다

이동이 시작되었다
새로운 유랑이었다

마지막으로 부슈토베의 토굴을 떠난 사내가 민족 학교 교사였다
그는 예카테리나의 이삿짐을 챙겨 함께 부슈토베 언덕을 내려갔다

1938년 4월 9일이었다

부슈토베에서의 182일은 죽음과의 동거였다

죽음은 언제나 잠자리에 함께 들었다

죽음이 먼저 눈 뜨는 날은 공동묘지에서 사잣밥을 받았다

죽음보다 먼저 눈 뜨는 날은 토굴에서 아침 햇살을 맞았다

죽음의 땅 부슈토베는 사내들에게 통점으로 남아 오래도록 아플 것이다

그 통점 속에 볍씨가 자랄 것이고 백일홍이 터질 것이다

1938년 봄, 재배치가 시작되었다

재배치는 카자흐스탄 전역에서 이루어졌다

강제이주 정책은 거칠고 치밀하지 못했다

강제이주 정착지를 마련하지 못한

카자흐스탄 내무위원회는 겨울난 후 한인들을 재배치했다

살아남은 자들은 또 다시 짐을 꾸렸다

유랑의 끝은 언제나 새로운 유랑의 시작을 말했다

재배치를 위한 2차 이주가 강제이주의 끝은 아니었다

부슈토베의 사내들도 이삿짐을 꾸렸다

사내들이 이삿짐을 부릴 곳, 그곳에 새로운 숨결이 일

기 시작했다

   갓 세운 벽채가 새 숨결을 내쉬기도 하고 폐가가 새 숨결을 내쉬기도 하고

   창고가 새 숨결을 내쉬기도 하고 마구간이 새 숨결을 내쉬기도 하고

   오래된 사원이 새 숨결을 내쉬기도 하고 옛 감옥이 새 숨결을 내쉬기도 했다

   사내들이 새로운 공간에 새로운 숨결을 밀어 넣으며 따스하고 아늑한

   공간이 밀려 왔다 새로운 공간은 사내들의 몫만은 아니었다

   아낙들은 그 공간을 밥 짓는 냄새로 채웠다

   공간은 아이들의 울음소리로

   혹은 노인들의 신음 소리로 차기도 했다

   얼마나 긴 시간을 사내들의 땀내로

   채울 수 있을지 모를 일이었다

   사내들은 해동이 되지 않은 부슈토베의 습지로 나갔다

   잔설이 남아 있는 벌판에 수로를 낼 자리를, 못자리를 할 자리를,

   농로를 낼 자리를 어림하며 웃었다

검은 얼굴들의 천진스런 미소였다

사내들의 웃음은

살아남아 해토를 볼 수 있다는 안도, 살아 있음의 충
일함이었다

검은 얼굴들이 환하게 변하고 있었다

천산산맥이 친근하게 다가왔다

천산산맥을 넘어오는 봄바람의 부드러운 옷깃이 보였다

현지인들은 친절했다

그들은 원형 식탁으로 사내들을 불렀다

원형 식탁은 사랑이었다

원형 식탁은 평등이었다

원형 식탁은 작은 축제였다

무엇이던 나누어주고 싶은 것이 원형 식탁이었다

그러나 벼농사만은 말렸다

습지이기는 해도 우슈토베의 지하수는 염분이 많았다

염분 때문에 벼농사는 불가능할 것이라고

헛수고일 것이라고

현지의 집단 농장 친구들은 손사래를 저었다

사내들은 해보지 않고는 포기할 수 없었다

적당량의 염분은 오히려 벼의 성장을 도울 거라고

지켜보라고 큰소리쳤다

습지가 농토로 바뀌고
수로가 놓이고
농로가 뚫리고
기적처럼, 아니 기적의 볍씨가 자라고
햇빛이 구릉을 넘어와
물 댄 논에 은빛으로 쌓였다
그것으로 사내들은 풍요로웠다
6월의 우슈토베는 해 붉게 달아오르는 때,
사내들은 들판에서 꿈을 꾸었다
사내들의 발목은 튼실했다
들판은 말없는 축복이었다
들판은 하늘을 낳는 여인이었다
들판은 사내들의 운명이 바뀌는 손금이었다
손금 하나하나에 사내들의 생각이 숨어 빛났다
손금은 들판을 살찌우는 수로였다

예카테리나는 규칙적으로 오는 진통을 견디고 있다
그녀는 다시 한 번 가위를 확인한다
진통은 주기가 짧아진다

온몸의 뼈들이 한 칸씩 물러나며 살이 찢기는 듯한 통
증이 온다

그녀는 수건을 입에 문다

비 오듯 하는 진땀이 뼈마디를 적시고 방바닥을 적신다

한집에 살고 있는 민족 학교 교사 아낙이 들어선다

아직 멀었어 더 아파야 나와

예카테리나는 물고 있던 수건을 뱉는다

아직 더 아파야 나와요?

그럼, 양수가 터지고 몸이 천 갈래 만 갈래 찢기는 통
증이 와야 나와

예카테리나는 눈을 감는다

보리스의 얼굴이 떠올랐다

네 말이 맞다 나는 흑빵과 나를 바꾼 거였어

뭐라고 했니? 뭘 바꿨어?

아낙이 물었다 아낙의 물음은 힐난으로 들렸다

그 길밖에 없었어 살아야 했으니까

살아야지 그럼, 아이 잘 키우며 살아야 해

예카테리나는 다시 수건을 물었다

새벽에 왔다

진통은 밤새 계속되었다

밤은 느리고 무겁게 흘렀다

예카테리나는 앞날이 더 느리고 무거울 것을 생각했다

입에 물었던 수건을 몇 번이나 뱉고 다시 물었다

밤은 그녀가 물고 있던 수건에 진통의 무늬를 새겼다

검은색의 무늬는 새벽이 되면서 붉은색으로 변했다

양수가 터졌다

민족 학교 교사 아낙이 새 생명을 숨죽이며 기다렸다

멀리서 닭 우는 소리가 들린 듯했다

예카테리나는 몸에서 한 우주가 빠져나가는 것 같은 허탈감이 왔다

이어서 아기의 울음소리가 들렸다

혼미한 예카테리나는 아낙에게서 가위를 받았다

탯줄을 잘랐다

탯줄을 자르는 일은 직접 하게 해달라고 부탁했던 예카테리나였다

왜 탯줄을 스스로 자르고 싶었는지 모를 일이었다

아기는 피투성이였다

사타구니도 피투성이였다

짐승이구나 내가 짐승이구나

예카테리나는 혼잣말을 했다

애썼다 예카테리나 아들이야 축하해

아낙의 말소리를 들으며 예카테리나는 깊은 잠 속으로 빠져들었다

＊

논에 벼 포기가 실하게 올라왔다
한인들만의 집단 농장을 만들었다
콜호즈는 공동 생산 공동 분배가 원칙이었다
이미 연해주에서 익숙했던 생산 조직이었다
사내들은 부지런하고 검소했다
농작물 한 포기 한 포기에 정성을 쏟았다
새벽 달빛을 어깨에 얹고 들판에 나가
별빛을 어깨에 얹고 돌아왔다
맨손으로 일군 농토였다
피땀으로 일군 농토였다
농토만이 희망이었고 농사만이 내일이었다
채소를 가꾸었다 채소는 식탁의 무지개였다
가축을 길렀다 가축은 식탁의 풍요로움이었다

사내들은 웃으며 천산산맥을 바라볼 수 있었다
어느 날은 천산산맥이 웃으며 사내들에게 다가왔다

천산산맥은 사내들의 의지였다

사내들의 굳건한 등뼈였다

계절마다 표정이 바뀌는 천산산맥은 아득한 지척이었다

아득해서 그립고 지척이어서 반가운 천산산맥이었다

아낙들은 밤이면 천산산맥을 품었다

천산산맥은 달빛에 익은 등뼈를 허물어

아낙들을 안았다

천산산맥의 서늘한 기운이 방 안을 감돌았다

서늘한 기운은 달빛이 새로운 생명을 부르는 주술이
었다

아낙들은 자궁 속에 천산산맥을 품기도 하고 달빛을
품기도 했다

수로에 천산산맥이 담기고 무성한 갈댓잎들이 담겼다

여름이었다

중앙아시아의 여름은 무더웠다

바람은 황무한 땅에 엎디어 움직이지 않았다

벼는 서둘러 벼꽃을 매달고 콩잎은 애써 크기를 키웠다

가을이 빠른 중앙아시아의 생육법이었다

예카테리나는 아기의 백일 준비에 바빴다

아기에게 이름을 지어주지 않았다

태어나서는 안 될 생명이라는 생각은

해본 일이 없었던 그녀였다

그러나 이름을 지어주는 순간 아기의 운명이 결정될 것 같은

불길한 예감이 그녀를 불안케 했다

검은 눈동자와 검은 머리가 외할아버지를 닮았구나 콧날은 보리스를 닮았네

예카테리나는 팅팅 불은 젖을 물렸다

아기는 정신없이 젖을 빨았다

수유의 순간이 행복했다

빅토르에게 미안했다 미안하다는 말로는 다 표현되지 않는

복잡하고 미묘한 감정이었다 무어라 말해야 하는지, 이 행복감을

빅토르, 나는 이 아이를 위해서 살아갈 거야

그녀의 눈에 물기가 촉촉이 젖어왔다

아기가 빨던 젖을 밀었다

아기는 포만감으로 환한 미소를 보이며 잠들었다

*

8월의 부슈토베 공동묘지에 장례 행렬이 오르고 있다
전염병이 돌기 시작하고 나서 첫 죽음이었다
풍토병일지 모른다고, 견딜 수 있다던 노인이었다
장례 후 전염병은 걷잡을 수 없이 번졌다
장티푸스였다
열악한 생활환경이 전염병의 온상이었다
사내들은 하루에도 몇 차례씩 장례를 치러냈다
시베리아 횡단의 고통을 견디어낸 후의 치명적인 사신
이었다
목숨으로 일궈낸 웃음꽃 환한 계절을 찾아온 재앙이
었다
노인들이 쓰러지고
아이들이 쓰러지고
사내들이 쓰러졌다
전염병을 더 두려워한 것은 현지인들이었다
그들은 기근과 흑사병으로 수백만 명을 묻은 기억이
생생했다
기근과 전염병을 피해 고국을 버릴 수밖에 없었던 그
들이었다

한인 마을에 전염병이 돌며
현지인들의 방문이 끊기고
따뜻한 눈빛이 사라졌다

유민의 고통은 언제나 끝을 보일는지
공동묘지는 지경을 넓혀갔지만
늘 영혼의 그림자가 놓일 자리는 부족했다
죽음은 일상이 되었으며
곡소리는 속이 비어갔다
곡소리는 외마디로 끊기기 일쑤였다
주검 위에 삶을 놓아야 했다
사내들에게 죽음은 삶의 다른 모습이었다
삶과 죽음이 하나였던 중앙아시아의 황량한 땅 위에
사내들은 지워지지 않는 생의 흔적을 적어나갔다

벼는 포기마다 햇빛을 가득 담아 이삭을 부풀렸다
슬픔은 어느 사내에게나 잠시 머물다 가는 구름 같은
것이었다
삶은 슬픔의 무게보다 언제나 더 무거웠다
삶은 죽음의 문을 열기 이전의 생명의 원형이었다
원형은 깊고 아팠으며 통증으로 불 밝혀 있었다

슬픔이 삶의 원형을 물을 수 없었다

사내들은 들판을 사랑했다
사내들은 수로를 사랑했다
사내들은 추수를 사랑했다

사내들은 제 심상 뛰는 소리를 흙을 통해서 들었다
맨발로 밟는 흙의 부드러운 감촉을 사랑했다
손끝에 감겨오는 볍씨의 생명력을 사랑했다
우슈토베의 들판을, 한인들로 이루어진 집단 농장 콜
호즈를 사랑했다
흙은 사내들의 새로운 생명력이었다
약동하는 생명력이 새 농토의 토질이었다
씨앗을 품는 힘이었다

먼 땅 연해주는 황무한 대지에 번지는 노을처럼 서러
웠다
사내들은 나무 그늘에 앉아 이별가를 불렀다

해변 강가 포시예트 너 잘 있거라
떠나간다 나의 몸은 카작으로

어이없이 화물칸에 올라앉으니
사랑하는 마리아는 발을 구른다

여보 당신 이제 가면 언제나 오나
하시던 말씀 못 잊겠구나
내가 갔다 되돌아서 올 동안까지
사랑하는 마리아야 변치 마라

사내들의 정한은 가없이 흐르는 은하수였다

이제는 슬픔도 왔던 곳으로 되돌아갈 때

　　　　*

예카테리나는 탁아소 일이 즐거웠다
아이들은 뭉게뭉게 피어오르는 여름날의 흰 구름이었다
보드랍고 따스하고 젖내 폴폴 나는 비린 생명이었다
아이들은 메마른 바람을 눈동자에 담으며 초롱초롱
자랐다
아이들 속에 양조국이 있었다
여섯 살, 예카테리나의 아들이었다

영원한 고려인, 양조국은 그녀의 희망이었다
희망은 하루하루 자랐다
희망은 그녀를 웃게 하고 그녀를 울게 했다

양조국은 우슈토베의 제르젠스카야학교 교정에서 푸
른 숨을 쉬기 시작했다

아이는 엄마의 냄새가 좋았다
엄마의 냄새 속에는 아련함이 있었다
엄마의 숨겨진 눈물이나 짧은 한숨 속에
깃든 아련함은 카자흐스탄의 냄새는 아니었다

아이는 11학년을 마치고 모스크바로 유학을 떠났다
법학을 전공한 조국은 고향 우슈토베로 돌아오지 않
았다
예카테리나는 조용히 나이 들어갔다
조국에게서 마지막 편지를 받은 것이 2년 전이었다
아버지를 만났다고 했다
어머니가 얼마나 고통스럽게 저를 바라보셨을지를 생
각한다고 했다
낳아주셔서 감사하다고 했다

사랑해주셔서 더 감사하다고 했다

아버지는 '위대한 조국 전쟁'에서 두 눈과 한 다리를
잃었지만 전쟁 영웅이 되셨다고 했다

평생 아버지 곁에서 돌봐드려야 할 것 같다고 했다

이제는 자랑스런 조국 러시아의 아들로

러시아 이름 보리스 2세로 살겠다고 했다

잘 길러준 어머니를 죽을 때까지 사랑한다는 말이

예카테리나에게는 왈칵 눈물이었지만

이내 조용히 편지를 접었다

접혀진 편지에서 조국이의 눈웃음이 피어올랐다

아들아, 잘 컸구나 네가 러시아 국민으로 살아간다면
엄마는 어쩔 수 없다

상흔의 날들이 계속되었다

궁핍은 차라리 행복이었다

외로움이 형벌이었다

나이 든다는 것은 많은 상처를 덧내는 일이었다

그리움도 덧내면 더 아리고 아름다웠다

사랑도 덧내면 더 아리고 아름다웠다

서러움도 덧내면 더 아리고 아름다웠다

예카테리나는 상처를 덧내 그 달콤하고 찝찔한 피맛

을 즐겼다

그녀는 황무한 땅에서 삼십 대 후반을 넘기고 있었다
삼십 대 후반은 지루하고 건조한 상처였다

예카테리나에게
어머니도 상처였다
빅토르도 상처였다
보리스도 상처였다
조국이도 상처였다
포시예트도 상처였다
사는 일이 상처투성이였다
상처는 아무는 것이 아니라 덧내는 일이었다
덧난 상처로 해가 뜨고 바람이 불고
덧난 상처로 꽃이 지고 낙엽이 쓸려갔다

예카테리나는 천산산맥을 우두커니 바라보는 날이 많
아졌다

부슈토베의 까마귀 떼가 빈 들판을 날아 서쪽 하늘로
사라지고 있었다

9. 시베리아의 무거운 시간

사내들은 강제이주 1년 만에 학교를 세웠다
제르젠스카야학교는 1938년 11월 1일 개교했다
사내들의 도전은 어디서나 교육이었다
낯선 땅, 황무한 나라에서도 교육은 2세들의 희망이었다
희망은 희망으로 돌아왔다 제르젠스카야학교가 그랬다
우슈토베 외곽, 달니보스토크에 세워진 민족 학교는
개교가 설렘이었다
사무침이었다
학교만 사무친 게 아니었다
고향 연해주도 사무쳤다
연해주가 얼마나 사무쳤으면 새 지명을
달니보스토크, 원동遠東이라 했을까

빅토르는 크질오르다에서 여덟 시간의 기차 여행 끝
에 우슈토베역에 내렸다

하루에 한 번 운행되는 노선은 한산했다

우슈토베 외곽 달니보스토크까지 이동하며 벼가 익기 시작하는 들판을 보았다

크질오르다와 다른 풍경들이 차창을 스친다

들판이 주는 풍요로움 때문이었을까

제르젠스카야학교를 지원한 일이 잘한 일 같았다

역사 교사가 결원이었다

우슈토베에서 예카테리나의 소식을 들을 수 있을지도 모른다

한인 강제이주 시베리아 횡단열차 1호는 어디가 종착지였을까

종착지는 극비여서 누가 어디로 이주되었는지 알 길이 없었다

그해 겨울 지나 재배치가 있었다니

하차 역 근처에 살고 있으리라고 기대할 수 없는 일이었다

지난 20년, 예카테리나를 찾는 간절한 시간은 초조하고 지루했다

첫 열차가 크질오르다에 정차했다는 소문을 듣게 된 것이

아린스크에서였다

크질오르다 지역의 첫 열차에는 문화 일꾼들을 선봉
대를 태웠다

블라디보스토크의 조선극장 단원들, 선봉신문사 직
원들, 조선극장의 배우들, 조선라디오 직원들, 조선사범
대학의 직원들과 학생들이 객차에 실려 왔던 것이다

그는 문화 일꾼들이 첫 이주자였다는 말을 듣고는 망
연자실했었다

빅토르는 노보시비르스크 내부인민위원회에서 보름
동안 취조를 당했다

툰드라 지역의 벌목장으로 유배되었다

그곳에서 벌목 강제 노동으로 5년을 보냈다

석방되면서 시베리아 횡단열차를 탔다

노보시비르스크에서 투르키스트 노선으로 바꿔 탔다

그는 아랄해 근처의 아린스크역에 내렸다

포시예트 지역의 한인들은 아랄해 근처에 하차되었다
는 풍문 때문이었다

황무한 땅이었다

그러나 아랄해가 삶의 터전이 될 수 있을 것 같았다

어부로 살아가리라 숙명으로 겨울을 났다

어부였던 예카테리나의 아버지를 만날 수도 있을지 모
른다는 희망도 있었다

그곳에서 어떤 단서도 희망도 찾을 수 없었다

강제이주 첫 열차가 크질오르다에 정차했었다는 소문
을 따라

빅토르는 크질오르다로 거처를 옮겼었다

소문은 헛소문이었지만

그곳에서 다시 문을 연

조선사범대학에 복학했다

졸업 후 그곳의 민족 학교에서 역사 교사로

아이들에게 민족혼을 불어넣었다

아이들은 풋풋했다

한글로 고려신문을 읽고

세상이 어떻게 움직이는지 알게 했다

한인들이 얼마나 힘겨운 역사의 수레바퀴에 깔려 버둥
대고 있는지

강제이주가 얼마나 비인간적이고 반혁명적인 조치였
는지

알고 있어야 한다고 가르쳤다

기억한다는 것은 용서하지 않는다는 뜻이었다

용서할 수 없는 강제이주의 반인류적인 역사를 기억

하게 했다

　내무인민위원들의 차가운 시선을 느낄 때쯤

　우슈토베로 옮기게 된 빅토르였다

　　　　*

　부슈토베의 공동묘지를 오르는 장례 행렬이 느리고
경건했다

　여름날의 공동묘지는 시간이 고여 있어 바람조차 느릿
느릿

　죽은 시간 위를 걸어갔다

　공동묘지의 흙들은 아무런 기억을 가지고 있지 않았다

　모든 흙들은 영혼의 거처를 마련하기 위해 숙연하게
품을 열었다

　영혼들에게 흙은 언제나 관대하고 따뜻했다

　우슈토베 외곽 달니보스토크의 공동묘지에도 장례
행렬은 느리고 경건했다

　그곳 공동묘지의 흙들도 아무런 기억을 가지고 있지
않았다

　누구의 시신도, 누구의 영혼도 받아보지 않은 생흙을

파면

수수만년의 침묵들이 쏟아져 나왔다

흙은 언제나 따뜻하여 시린 뼈들을 품었다
뼈들은 달빛이 묘지에 고여 조는 듯 고요한 밤에
켜켜한 삶의 무늬들을 흙 속으로 흘려보냈다
흙 속에서 뼈가 야위는 동안 수많은 달빛이 묘지를 건
너갔다

콜레라는 사내들을, 아낙들을, 노인들을, 아이들을 괴
롭혔다
허기와 만성피로와 과로로 체력의 한계를 드러내는
사내들,
무방비한 아이들이나 노인들은 검은 독침을 피하기
어려웠다
때로는 한 가족이, 때로는 한 마을의 절반이 무릎을
꿇었다

한인들의 공동묘지는 강제이주의 고단한 삶의 뒤쪽
모습이었다
공동묘지는 황량한 삶의 현장이며 목숨의 새로운 쉼

터였다

　서러워도 공동묘지를 찾았다

　외로워도 공동묘지를 찾았다

　공동묘지는 위안이었다

　공동묘지는 따스한 품이었다

　흰 묘지석이 멀리서도 환했다

　그 환한 빛이 사내들에게 힘이었다

　좌절하지 말자 죽지 말자

　어떻게든 살아서 저 환한 빛을 보자

　사내들에게 묘지는 거역할 수 없는 명령이었다

　묘지로 가지 않기 위해 묘지를 갔다

　죽지 않은 말들을 묻지 않기 위해 죽지 않은 말들을
묻었다

　중앙아시아의 황무한 시간 위에 모국어는 희망이었다

　모국어는 끝 간 데 없는 구릉과, 먼 지평선을 거느리는

　황무지의 붉은 해와 가까워지기 시작했다

　사내들에게서 사내들에게로 건너가는 사내들의 말은

　그러나, 황무한 땅에서 살아 움직였다

　말이 움직인다는 것은 마음이 움직인다는 의미였다

사내들의 마음은 수로에서 수로로
사내들의 마음은 철길에서 철길로
사내들의 마음은 황무한 마음에서 황무한 마음으로
움직이며 바람을 먹고
붉은 해를 먹고 달빛을 먹었다

그리하여 황무한 땅에
아이가 태어나고
아낙들의 웃음이 자지러지고
노인들의 헛기침 소리가 커졌다

갈대 울음은 잦아들고
갓난아이 울음은 커졌다

아이의 울음은 새로운 영토였다

                    *

고려극장의 고별 무대였다
우슈토베의 한인들이 모두 극장으로 몰려들었다
낡고 허름한 고려극장은 파란만장했다

1932년 블라디보스토크의 신한촌에서 원동변강조선
극장이 창설되었다
고려극장의 전신이었다
1937년부터 4년간은 크질오르다에서
1942년부터 17년간은 우슈토베에서
1960년부터 8년간은 다시 크질오르다에서
1968년부터 22년간은 알마티에서
막을 올리고 내렸다
막을 내리면 커튼콜이 오래도록 이어졌다

1957년 10월,
혁명 40주년 기념 공연이며 고별 공연이 포고진 작
〈크렘린의 시계〉였다
레닌의 위대성을 형상화한 작품이었다
레닌은 희망의 정치인이었다
배우들의 연기는 열정적이었다
커튼콜이 이어지고 배우들이 몇 번을 더 무대 인사를
하고 객석이 환해졌다
자리에서 일어나던 빅토르는 감전된 듯 멈추어 섰다
그곳에 예카테리나가 서 있었다
예카테리나도 빅토르를 알아보고 그 자리에 얼어붙었다

20년의 세월, 그 파란의 물결을 어찌 건너 여기인가
20년의 세월, 그 목메는 시간을 어찌 감당하고 여기인가

그렇다 20년이었다
노보시비르스크에서 헤어진 후 20년이었다

살아 있었구나
살아 있었네요

살아서 이처럼 마주 서 있는 것이다
객석의 관객이 모두 빠져나간 텅 빈 극장 안
빅토르와 예카테리나가 마주 서 있는 것이다
서로의 눈동자를 건너가고 있는 것이다
말이 필요치 않았다
눈빛이 모든 말이었다
절절하고 안타깝고 애틋한 눈빛이 모든 사랑의 언어였다
영원 같은 시간이 흘렀다
아니다 찰나 같은 시간이었다
오빠!
오, 예카테리나!

그리고 다시 말을 잃었다
두 사람은 손을 마주 잡았다

죽음보다 더 깊은 그리움이었다
죽음보다 더 아픈 그리움이었다

손에서 손으로
마음에서 마음으로
영혼에서 영혼으로
뜨거운 것들이 흘러들어갔다
뜨거운 것은 시간이기도, 공간이기도 했다
뜨거운 것은 살이기도, 뼈이기도 했다
뜨거운 것은 어둠이기도, 산맥이기도 했다

뜨거운 것들의 아름다운 넘나듦을
두 사람은 본다 듣는다 느낀다
몸이 모든 눈이고 몸이 모든 귀다
몸이 모든 입술이고 몸이 모든 감각이다

*

　오빠가 나를 찾아 헤맸다는 크질오르다군요

　그렇소 예카테리나 여기서 15년이었소 이 도시의 작은
골목 하나까지, 그 골목 끝에 가면 무슨 냄새가 나는 것
까지 기억하오

　에카테리나는 우슈토베에서 오빠를 찾아 헤매었어요
유난히 까마귀들이 많은 곳이에요

　열 시간이면 오갈 수 있는 곳에 예카테리나가 있다는
걸 생각하지 못했오

　얼마나 많은 사람들이 카자흐스탄 혹은 우즈베키스
탄에 버려졌을지, 어찌 짐작하겠어요

　예카테리나는 크질오르다를 보기 원했다

　빅토르가 젊은 날을 살았던 곳,

　그녀를 그리워하며 밤마다 무거운 발자국 소리를 묻
었던 곳을 보고 싶었다

　그가 다니던 조선사범학교를, 그가 다니던 민족 학교
를, 그가 다니던 식당을, 그가 다니던 거리를 걸어보고
싶었다

　그곳에 그의 젊은 초상이 고스란히 남아 있을 것 같

298

은 생각이 그녀를 크질오르다로 부른 것이다

간절한 소망 하나가 더 있었다
아버지였다
아버지가 어부였으니 아랄해 근처에 살아 있을지도 모른다
가혹한 강제이주이긴 하였으나 어부는 어부로 살아가게 했을지도 모른다는 생각은 오래되었다
혹, 아랄해가 아버지의 생업의 터는 아니었을까

서부로 갈수록 대지는 황량하고 구릉은 낮아져 드넓은 평원, 황무한 침묵이 계속되었다
소읍의 작은 역에 기차가 정차할 때마다 예카테리나는 20년 전의 기억이 살아나 코끝이 매웠다
그때마다 빅토르의 손을 꼬옥 쥐었다
그의 체온이 손바닥을 건너왔다
그의 영혼이 몸으로 건너왔다
그의 영혼은 아직도 풋풋하고 싱그러웠다
한 여자를 위하여 20년을 차곡차곡 접어두었던 사람, 그녀의 가슴이 아려왔다
예카테리나에게 크질오르다는 통증으로, 연민으로 다

가왔다

거리는 불결했고 골목은 좁았다

크질오르다의 밤은

황량한 달빛으로 서러웠다

달은 황폐한 사내들의 가슴에서 뜨고 졌던 무거운 기억을 가지고 있었다

끝없이 펼쳐진 황무한 땅의 황무한 그림자를 끌고

대지를 가는 사내들의 발걸음은 달빛보다 무거웠다

아랄해는 크질오르다에서 5백 킬로미터가 더 되었다

예카테리나는 크질오르다에서 아랄해가 보일 거라고 생각했었다

공간개념이 사라진 그녀였다

아버지는 평면 위의 점이 아니라 공간에 떠 있는 점이었다

그녀의 울음의 크기에 따라 점의 크기가 달라졌다

점의 크기가 아버지의 크기였다

예카테리나와 빅토르는 새벽을 깨워 아랄해를 향했다

황막한 평야를 달리는 트럭의 엔진음이

가을의 새벽을 깨웠다 차고 매운 새벽이었다

칼끝처럼 파고드는 바람은 삭막한 황무지의 다른 표
정이었다

세 시간쯤 달렸을 때 지평선이 검붉게 밝아왔다

빅토르는 말없이 검붉은 지평선을 응시했다

예카테리나에게 붉게 타오르는 아침 해를 안겨주고 싶
었던

지난 세월이었다 이 길 끝에서 죽음을 맞는다 해도

후회하지 않을 것 같았다

갈색 대지가 와락 달려들었다

해가 중천에 이르렀을 때

항구 도시 아랄스크에 닿았다

아랄스크는 활기차 보였다

술 취한 어부들이 부두에 모여 와자지껄 떠들고

그들을 사랑스런 눈빛으로 보고 있는 여자들이 따스
했다

오래전에 다녀갔던 곳처럼, 어딘가 익숙한 풍경이었다

어촌으로 이루어진 작은 도시 아랄스크는

출어했던 배가 들어올 때쯤

더 흥청거릴 것이 분명했다

아랄해는 드넓은 바다였다

바다여서 두 사람의 가슴이 두근거렸다

아득하게 섬들이 떠 있고 더 아득한 대안이 물안개에
젖고 있었다

어선 몇 척이 떠 있었다 어선의 고물로 파도가 쏠려가
고 있었다

저 어선들 속에 아버지가 그물을 내리고 있는 것은 아
닐까

예카테리나는 항구의 어업 콜호즈를 찾아갔다

누구도 아버지를 기억하는 사람은 없었다

다시 아랄해 앞에 섰다

황량한 바람이 불어왔다

바람은 차고 비릿했다

수평선으로 붉은 해가 질 때, 그리하여 쿵 소리를 내
며 아랄해로 붉은 해가 떨어질 때, 붉은 해는 통곡으로
내 가슴을 찢었소

누구의 잘못도 아니예요 그러나 저를 용서하지 마세요

예카테리나, 어찌 그런 말을 하시오

나는 빅토르 오빠를 기다리지 못했어요

아니오, 당신은 나를 기다렸소 오직 나만을 기다린 걸

알고 있소

오빠에 대한 기다림은 우슈토베의 수많은 수로에 묻었어요 물길 따라 흐르다 갈대로 자랐을 거예요 갈대는 이미 꺾여 물에 잠겼어요

얼마나 기다렸는지 무성한 갈대가 말해주지 않소?

예카테리나는 빅토르의 가슴에 얼굴을 묻었다

아랄해를 건너던 바람이 그녀의 머릿결을 쓰다듬었다

바람은 빅토르의 손길이었다

향긋한 냄새가 건너왔다

빅토르는 예카테리나의 어깨가 떨리는 걸 보았다

그녀의 어깨 위로 아랄 해가 은빛 비늘을 반짝이고 있었다

      *

한인들은 억척스러웠다

맨손으로 시작한 벼농사는 해마다 대풍을 이루었다

집단 농장은 크렘린의 상찬으로 늘 웃음꽃이었다

노동영웅이 수없이 탄생했고 한인들에 대한 찬사가 이어졌다

삶은 나아졌다 연해주를 잊을 만큼 풍요로웠다

사회적 지위가 높아지고 카자흐의 친구들이

보드카 병을 들고 찾아오기 일쑤였다

고급 관리가 나오고 박사 학위를 획득하고 교수가 되고 교장이 되었다

그렇게 48년이 흘렀다 상처가 아물고 강제이주 1세대가 떠나고

카자흐스탄 사회를 움직이는 2세대가 나타나기 시작했다

그러고 보면 48년은 순간이었다

순간은 변혁이었다

1985년 4월, 미하일 고르바초프는 소비에트연방을 해체한다고 발표했다

레닌의 사회주의 혁명이 제시한 낙관적 전망은 종언을 고했다

사회주의 실험은 끝난 것이다

소비에트연방이 해체되면서 독립 국가들이 자국주의를 표방했다

카자흐스탄의 자국주의는 자국어의 사용으로부터 시작되었다

카자흐스탄어를 모든 관공서, 모든 학교, 모든 사회단

체, 모든 시장, 모든 일상생활에서 사용토록 했다
　　교과서가 바뀌고 관공서의 문서가 바뀌었다
　　표지판이 바뀌고 주소가 바뀌고 주택이 바뀌었다
　　한인들에게는 청천벽력이었다

　　관리에서 쫓겨났다
　　교수에서 쫓겨났다
　　교사에서 쫓겨났다
　　집단 농장에서 쫓겨났다
　　광장시장에서 쫓겨났다

　　좋은 이웃이던 카자흐스탄 사람들이 변했다
　　그들만의 언어를 자랑스러워했다
　　그들만의 표정으로 거리를 나섰다
　　탓할 수 없었다

　　그들은 위대한 독립 국가의 자랑스런 국민이었다

　　빅토르는 학교에서 물러났다
　　카자흐스탄어로 역사를 가르칠 수 없었다
　　예카테리나는 탁아소에서 물러났다

카자흐스탄어로 아이들을 돌볼 수 없었다
연금법은 소비에트 시대의 법이었다
한인들은 법의 보호를 받지 못했다
일용 잡급으로 하루하루 살았다
강제이주 초기의 삶과 다르지 않았다
발 빠르게 카자흐스탄어를 배우는 한인들이 있기는
했다
소비에트 국적에서 카자흐스탄 국적으로 옮기는 한인
들이 있기는 했다
국적을 획득하기 위해서는 자국의 언어가 필수였다

예카테리나는 광장시장의 가게 한 간을 얻었다
칠순을 바라보는 몸으로 광장시장 일은 쉽지 않았다
한인들을 위한 반찬 가게는 단골들로 겨우 유지되었다
고단한 하루를 끝내면
우슈토베의 누런 해가 서산에 가시처럼 걸려 있었다

빅토르가 광장시장이 파할 때를 기다려주었다
왜 나오셨어요
당신 기다리는 게 낙이잖소
그래도 날씨가 추운데……감기 조심하세요

9월이면 아직은 견딜 만할 때인데 올해는 추위가 일찍 오는가 보오

난방은 되세요?

아직

노구를 생각하세요

나만 늙은 것은 아니오

그렇기는 해요 저도 늙었어요

스산한 바람이 검은 흙먼지로 광장시장을 쓸고 달아났다

소비에트가 해체될 때 아들을 따라가지 않은 건 잘못한 일인 거 같소

난 여기가 좋아요 모스크바에서 어떻게 살겠어요

며느리와 손자들이 있잖소

그렇기는 해도……애들에게 짐이 되기는 싫었어요

예카테리나의 눈이 늘 지물거리는 것은 손자들 생각 때문은 아닐 것이다

그녀는 빅토르 옆에서 남은 생을 살다 그의 품안에서 숨을 거두고 싶었다

당신 품에 안겨 사랑했다는 마지막 말을 하고 떠나고 싶다고 말하지는 못했다

그가 언젠가는 그녀의 뜻을 알아채리라고 믿고 있었다

우슈토베의 변두리에 그들의 허름한 셋집이 있었다

서로의 집을 오가며 노년의 허름한 그림자를 조심스럽게 밟아갔다

누구 그림자가 갑자기 흐려져 볼 수 없게 되는지 모를 일이었다

조글조글한 손을 마주 잡아보는 것으로 하루하루가 평화로웠다

죽음도 이처럼 평화롭게 맞았으면 좋겠다고 그녀는 생각했다

그렇게 10년이 흘렀다

우슈토베는 변하지 않고 사내들만 변해갔다

많은 사내들이 우슈토베를 떠났다

연해주로 떠난 사내들이 수만 명이었다

연해주는 사내들의 고향이었다

연해주는 따뜻하지 않았다

그래도 사내들은 연해주로 떠났다

우슈토베는 사내들의 땅이 아니었다

우슈토베는 더 이상 사내들을 품어주지 않았다

사내들은 무섭게 흐르는 시간을 더 이상 견딜 수 없었다

사내들은 참혹한 시간에게 그들의 젊은 날들을 모두

주었다

  사내들은 거칠게 늙었고 거칠게 떠났다

  빅토르가 겨울을 가까스로 견디고 봄을 맞았다

  봄은 그의 쓸쓸한 죽음으로 왔다

  우슈토베의 4월은 바람으로 어둡고 바람으로 밝았다

  바람 많은 날, 마른 갈대숲이 밤새 울고 지쳐 누런 해

를 맞는 시간

  그는 예카테리나의 품에 안겨 죽음을 맞았다

  당신을 아주 많이 사랑했었소

  저도요, 당신만을 사랑했어요

  당신 품에 안겨 떠나게 되어 행복하오

  제가 먼저 당신 품에서 떠나리라 했었어요

  날 당신이라 불러주어 고맙소

  마음으로는 언제나 당신이라 불렀어요

  예카테리나, 나 후생을 믿 겠 소

  저 도 요

  빅토르는 그렇게 떠났다

  예카테리나는 울지 않았다

  사내들 몇몇이 빅토르를 부슈토베의 공동묘지에 안장

했다

묘지로 가는 길의 마른 수로에는 바람에 꺾인 갈대들이 수북하게 쌓여 있었다
거친 바람은 저 많은 갈대들의 잎맥을 헤쳐 새 물길을 낼 것이다
갈대들이 바람에 잎맥을 모두 내주고 야윈 뼈들을 꺾을 때쯤
마른 수로에 물이 칠 것이다

*

예카테리나는 부슈토베 공동묘지
불볕의 여름 한낮을 통곡으로 보냈다
어디서 그 많은 울음이 터져 나왔는지
통곡하며 그녀는 끝없는 통곡에 스스로 놀랐다
통곡 속에 엄마도, 로자도 아빠도 있었다
통곡 속에 빅토르도 있었다

그녀는 엄마의 묘에 절하고 철제 묘비명을 쓰다듬었다
그녀의 눈빛이 고즈넉하다
빅토르의 묘역을 찾는다
오늘 당신 곁을 떠납니다

310

그녀는 묘역에서 흙을 파 담았다

당신의 흙을 가지고 가겠습니다 당신과 처음 만났던 우수리 강가에 당신 무덤을 새로 짓겠습니다 강물은 지금도 도도하게 흐를 것입니다

우슈토베역의 여름은 붉은 맨드라미가 타오르고 있었다

웃자란 해바라기 줄기를 따라 나팔꽃이 피어 있었다

예카테리나는 플랫폼에서 열차를 기다렸다

역사는 낡아갔지만 철길은 변하지 않았다

역사 앞의 광장시장, 오래전 모습 그대로였다

광장시장의 고려 여인들 해맑은 웃음소리 사라진 지 오래였다

70년은 내게 가혹한 세월이었던가

열여덟의 나이로 내려섰던 플랫폼 아니던가

여든여덟의 나이에 다시 밟을 것을 생각하지 않았었지

꿈결 같은 세월이었다고 말하고 싶은데

당신은 아시죠? 잠시 눈을 감았다 뜬 찰나였다는 거

어째서 연해주를 가겠다 했는지

수구초심이라 하지 않았나 내가 죽을 때가 된 것이야

포시예트항은 지금도 젊은 모습일 거야

젊은 모습으로 날 기다릴 거야

그녀는 알마티에서 올라오는 타슈켄트 노선의 열차가 멎기를 기다려

　천천히 오른다 쿠페의 한 자리가 비어 있다

　그녀의 자리다

　　　　　*

　열차가 국경을 넘었다

　국경을 넘을 때 지평선이 붉게 열리고 있었다

　예카테리나는 몇 개의 간이역을 지났는지 기억나지 않았다

　열차는 노보시비르스크역에 닿는데 만 하루가 걸렸다

　노보시비르스크역은 변하지 않았다

　수없는 철로들이 서로 교차하거나 병행하며

　제 갈 길을 열고 먼 앞을 내다보고 있었다

　부슬비가 내리고 있었다

　열여덟 두려움에 떨었던 역이었다

　아들아, 너도 이제는 오십 줄에 들었겠구나 자책하지 마라

　예카테리나는 시베리아 횡단열차로 환승했다

쿠페의 창 쪽 자리가 비어 있다

그녀는 조심스럽게 자리를 잡는다

그녀는 빅토르의 무덤 흙을 싼 보자기를 가슴에 안는다

따뜻하다

빅토르의 가슴에 닿아 살아가고 싶었던 간절함이다

열차가 도시를 벗어날 즈음

오비강이 보인다 그녀에게

오비강은 정한의 강이다

오비강은 회한의 강이다

여름 강물이 범람할 듯 범람할 듯 강안을 채워 흐른다

범람, 얼마나 가슴 두근거리는 말인가

견고한 둑을 무너뜨리며 서로에게 범람하던 젊은 날이
있었다

그날들이 아득히 멀어져 갔다

이제는 소실점조차 보이지 않는다

그녀는 주르륵 흐르는 눈물을 마른 손등으로 훔친다

그녀는 오비 강물이 잠깐 동안 반짝이는 모습을 보았다

시베리아의 삼림 지대가 계속된다

자작나무 숲의 푸른 바람들이 차창으로 밀려든다

몇 시간씩 침엽수림의 울울한 모습을 지켜본다

우슈토베의 활량한 대지가 울창한 숲에 겹쳐 보인다

그녀는 스스르 눈을 감는다

붉고 어두워지는 시간이 얼마나 오랫동안 차창에 머물다 떠났는지

드넓은 대지와 자작나무 숲이 얼마나 오랫동안 창문을 채우다 물러갔는지

열차의 요란한 바퀴 소리가 짖아들며 에카테리나는 눈을 떴다

열차는 타이가역으로 든다

열차가 멎자 우르르 사람들이 내려선다

사람들은 이동 행상들의 좌판을 들여다보기도 하고

몸을 이리저리 움직여 경직된 근육을 풀기도 한다

시베리아 횡단열차가 70년 전에 타이가역에 머물렀었는지 기억나지 않는다

머물렀다면 석탄을 싣고 물을 채우기 위해서였을 것이지만

혹은 열차 뒤에서 혹은 눈밭에서 엉덩이를 내렸던 기억이 검붉다

열차가 움직이기 시작한다

차창으로 보이던 대지가 사라지고

울울창창한 침엽수림이 차창을 점령한다

차창이 어둑해진다
언제부터인지 하늘이 보이지 않는다
침엽수림은 하늘까지 점령한 것이다
잠시 후면 열차의 모든 창에 별무리를 뿌릴 것이다
예카테리나가 별을 헤아릴 수 있을까
별을 헤아려 어린 날을 찾아갈 수 있을까
열차는 수림을 뚫고 달린다

붉고 둥근 빛이 지평선을 드러낸다
차창에 머물던 별들이 어느새 잠이 덜 깬 야생화 꽃잎
의 이슬 속으로 숨었다
예카테리나는 점점 선명하게 드러나는 지평선을 보고
있다
부챗살처럼 붉은 빛이 펼쳐지고 있는 지평선
그녀의 가슴을 젊은 숨결로 채운다
느닷없이 붉은 해가 지평선 위로 솟는다
차창이 붉게 깨어난다
예니세이강의 지류인 기이야강을 건넌다
열차가 속도를 줄인다
느릿느릿 마린스크역으로 든다
그녀는 빅토르의 무덤 흙 보자기를

조심스럽게 안고 있다

따스한 빅토르의 체온이 건너온다

포시예트항의 불빛 아래에 섰을 때 당신 제 손 처음 잡았던 날 기억하시죠?

당신 체온이 건너오고 당신 영혼이 건너오는 걸 느끼며 전율했었어요 전율이라는 말이 맞아요 그 전율이 아니었으면 어찌 70년을 견디었겠어요

예카테리나는 며칠째 아무것도 먹지 않았다는 걸 깨닫는다

공복의 희열이 혈관을 타고 흐른다

온몸이 비어 있는 듯한, 맑고 경건한 느낌이다

우슈토베에서, 더 멀리 70년 전의 강제이주에서

먹지 못했을 때 느꼈던 경건함이다

그 경건함이 가난을 이기게 했었다

그녀는 며칠을 더 굶을 수 있을까를 생각한다

가벼워진 몸과 경건한 마음과 순결한 영혼으로 돌아가고 싶은 것이다

떠나올 때의 모습으로, 떠나올 때의 영혼으로 돌아가고 싶은 것이다

차창으로 보이는 기이야강 물빛이 흐리다

그녀는 눈을 문지른다 그래도 흐리다

숨차게 달리던 열차가 멎으면

대략 5백 킬로미터쯤 동쪽 시베리아를 향한 것이다

타이셰트역에는 거대한 원목 더미가 쌓여 있다

원목들은 가지런하게 나이테를 드러내고 있다

침엽수림 지대가 끝없이 이어지는가 싶으면 어느새 자
작나무 숲이다

숲은 무거운 침묵의 바다다

예카테리나는 숲이 이루는 침묵이 좋았다

쿠페의 누구도 그녀에게 말을 걸어오지 않았다

네 사람 모두 차창 밖에 시선을 던지고 있다

홀로, 고즈넉하고 쓸쓸하게 그러나 외롭지는 않게

귀향하고 싶었다

빅토르가 함께하는 귀향이었다

외롭지 않은, 그러나 나이 듦의 쓸쓸함을

그녀의 검버섯 피어 있는 손등에서 느낀다

우슈토베에서 더 견딜 수는 있었어요

당신이 살아 있었다면 우슈토베에서 생을 마칠 생각이
었지요

그녀는 빅토르의 무덤 흙을 싼 보자기에 대고 조용조
용 말한다

빅토르가 보자기를 열고 웃는다

그렇게 됐으면 당신 고향 포시예트에 갈 수 없었을 겁니다

당신 떠나고 공허함을 견딜 수 없었어요

미칠 것 같았어요 미치지 않기 위해 이 길을 가고 있어요

당신 계신 곳으로 빨리 가고 싶어요

저 거대한 원목 너미를 보세요

자신을 키워준 대지를, 숲의 아름다운 바람 소리들을, 화살처럼 쏟아지던 햇살을 버렸어요

그리고 다시 태어났어요 유용함으로, 역할로,

그리하여 목조 가옥을 이루기도 하고 철로의 침목이 되기도 하지요

벽이 되기도 하고 가구가 되기도 하겠지요

우리의 삶이 그랬던 것처럼요

그녀는 그녀의 순결한 영혼을 주었던 항구의 푸른 물빛을 생각한다

아무르만의 만곡이 이루는 부드러운 물빛을 생각한다

침묵하는 원목들의 무거운 이주를 생각한다

원목들의 침묵은 심해처럼 깊다

그녀의 젊은 날은, 아니다 빅토르의

젊은 날은 원목의 무거운 침묵이었다

그녀는 원목들이 아프다
원목들이 아프다

날이 밝으면 지막역이다
70년 전 지막역은 겨울이었다
혹한, 굶주림과 추위를 어떻게 견디었는지 기억나지 않
는다
무엇으로 한 달여의 굶주림과 추위를 견디었을까
수치심이었을 것이다
예카테리나는 생각한다
굶주림의 수치심
혹한 속으로 드러난 발가락의 수치심
엉덩이를 내려야 하는 배변과 배뇨의 수치심
사랑하는 사람에게 건너가는 몸내의 수치심
더럽게라도 지키고 싶었던 목숨의 수치심이
한 달의 짐승 같은 생활을 견디게 했던 것은 아니었던가
살아남을 수 있었던 것이
수치심 때문이었을까
분노는 아니었을까
소비에트에 대한, 크렘린에 대한, 절대 권력에 대한 분노
빅토르, 나는 그때 당신의 분노를 보았습니다

나라 빼앗긴 무력한 황제에 대한 분노
　나라를 빼앗기고도 살아가는 겨레에 대한 분노
　가난을 구제하지 못한 무능력한 왕궁에 대한 분노
　고국을 버리고 연해주로 새 삶을 찾아 나섰던 할아버
지에 대한 분노
　간과 쓸개를 모두 내주고 얻어낸 귀화 국민이라는 차
별에 대한 분노

　러시아에 대한, 일본에 대한 분노가 목숨을 끝까지 놓
을 수 없게 했을 것이다

　역사의 중심에 서지 못한 약소민족에 대한 분노
　늘 변방에 놓여 강대국의 칼질에 놓일 수밖에 없다는
한계의 분노
　이주하라면 이주하고 열차 타라면 열차 타야 하는, 유
랑하는 운명에 대한 분노
　분노가 목숨을 지탱한 힘은 아니었을까
　그녀는 조용히 생각한다

　그녀의 조용한 생각 위로 여름 강, 우진카가 흐른다
　우진카강은 느린 유속을 강안에 부비며 흐르지 않는

듯 흐른다

생이란 저 우진카강 같아서

흐르지 않는 듯 흐르는 것이라고

그녀는 생각한다 생각이 갈피를 잡지 못하는 그녀다

머릿속은 명쾌한데, 맑고 밝은데 생각은 왜 이리 두서가 없는지

그녀는 머리를 흔든다

나이 탓일 거야

그녀는 빅토르의 무덤 흙을 싼 보자기를 다시 가슴으로 추스른다

흙의 따스한 기운이 가슴으로 넘어온다

빅토르, 비루함이었어요

저를 견디게 한 것은 목숨에 대한 비루함이었음을 고백해요

카자흐스탄에서의 70년은 어쩌면 비루한 삶의 진화였을 거예요

살아남기 위해 무슨 짓이던 할 수 있었어요

여자의 몸으로 세상을 건너는 일이 어찌 첩첩하지 않았겠어요

당신 다시 만나 이웃하며 살았던 세월도 비루함이었어요

당신 앞에 당당하지 못했던 예카테리나였던 거 당신

기억하시죠

　이렇게 다 말하고 나니 가슴이 뚫리네요 다 이룬 거 같아요

　그녀는 혼몽을 겪고 있다고 느낀다

　우진카강은 철길을 따라 흐르다 슬며시 허리를 비틀어 돌아나간다

　열차가 정차하자 몽골 상인들이 칫간에서 내려 잽싸게 상품을 펼쳐놓는다

　열차의 정차 시간을 꿰뚫고 있는 러시아인들이 몰려든다

　플랫폼은 반짝 시장이다

　그때는 러시아인들이 좌판을 벌렸고 한인들이 몸을 던져 물건을 샀다

　그게 살아남는 길이었다

　반짝 시장은 불법인가 보다

　공안들이 펼쳐놓은 상품을 걷어가고 몽골 상인들을 체포한다

　달아난 몽골 상인들은 다음 정차 역에서 또 싸구려 상품을 펼칠 것이다

그녀는 물끄러미 그 모습을 보고 있다

끌려가는 몽골 상인들 속에 그녀도 있다

그녀는 필사적으로 탈출하려 하지만 발이 움직여주지 않는다

사람들의 모습이 자꾸 흐려진다

사람들이 아득해진다

지마역은 참담하고 망연자실하고 쓸쓸하다

내가 왜 이럴까

　　　　＊

야생화 군락지는 몇 킬로미터씩 이어진다

예카테리나는 보랏빛 야생화가 혹 술패랭이거나 구슬패랭이겠다 짐작한다

분홍색 야생화 군락지를 지날 때면 혹 당아욱꽃이거나 천일홍은 아닐까 짐작한다

그녀의 나이 열여덟 이전, 아름다운 시절의 색깔이었다

꽃 색깔을 잊고 산 지 70년이었다

어이 한 번도 꽃을 생각하지 못했었나

그녀는 눈물이 핑 돈다

늙어 보는 꽃은 부시도록 아름답다

아름다워 서럽다

야생화 군락지를 지나면 수십 킬로미터씩 잡초밭이 된 집단 농장이 나타난다

농장 근처에 녹슬어 쳐 박힌 트랙터가 을씨년스럽다

콜호즈가 붕괴되고 모두 농촌을 떠났다

공동 생산 공동 분배의 몽환이 보여주는 현실이 그녀는 씁쓸하다

꽃 이름을 기억하는 자신이 대견해서 그녀는 짐짓 미소 짓는다

노란색의 야생화 군락지가 나타난다

혹 범부채꽃은 아닐까

당신 어쩌면 한 번도 제게 꽃을 선물하지 않으셨어요

우슈토베에 흔한 붉은 장미 한 다발이었으면 당신 청혼을 받아들였을 거예요

당신 계신 곳에도 붉은 장미는 피어 있겠죠

그곳에서 붉은 장미로 청혼하세요

기꺼이 받겠어요

예카테리나의 꺼진 볼에 하염없이 눈물이 흐른다

시베리아 횡단열차는 머지않아 이르쿠츠크역에 닿을

것이다

예카테리나는 혼미해지는 정신을 머리를 흔들어 세운다

이곳에서 로자를 보냈지요

이르쿠츠크역을 떠나 열차가 바이칼 호반을 지날 때였
으니 로자를 별 하나로 호수에 띄운 그 밤이 늙은 가슴
을 일렁입니다

자작나무 숲 사이로 멀리 스텝 지역의 구릉이 물결처
럼 일렁인다

자작나무 숲이 물결처럼 일렁인다

그녀는 눈을 감는다

내가 왜 이러지

그녀는 멀리서 손짓하는 빅토르를 발견한다

그녀는 뛰어간다

빅토르는 그만큼의 거리에서 손짓한다

그녀는 뛰어간다

빅토르와의 간격이 좁혀지지 않는다

그녀는 주저앉는다

빅토르가 그녀에게 다가와 손을 내민다

그녀는 그의 손을 잡는다

그의 손이 차갑다

그녀는 그의 손을 가슴에 품는다

가슴에 품었던
빅토르의 무덤 흙 보자기
툭 하고 바닥에 떨어진다
시베리아의 무거운 시간
그녀를 오래도록 감싼다

시베리아의 침묵을 밀고 열차가 천천히 이르쿠츠크역
으로 들어온다

달아실어게인 시인선 05

살아남은 사람들, 시베리아 횡단열차

1판 1쇄 발행	2024년 7월 7일
지은이	김윤배
발행인	윤미소
발행처	(주)달아실출판사
책임편집	박제영
기획위원	박정대, 이홍섭, 전윤호
편집위원	김선순, 이나래
디자인	전부다
법률자문	김용진, 이종진
주소	강원도 춘천시 춘천로 257, 2층
전화	033-241-7661
팩스	033-241-7662
이메일	dalasilmoongo@naver.com
출판등록	2016년 12월 30일 제494호

ⓒ 김윤배, 2024
ISBN : 979-11-7207-018-2 03810

고려인 강제이주 및
중앙아시아 도착 후 분산 경로

쿠스타나이

구리예프
노보시비르스

아스트라한
카자흐스탄
카라간다

아랄해
크즐오르다

카스피해
우슈토

쿤구라드
우즈베키스탄
프룬제
알마아타

투르크메니스탄
타쉬켄트
키르기스스

사마르칸드
타지키스탄

1937년 10월 9일
중앙아시아 카자흐스탄 우슈토베역에
고려인 강제이주 시베리아 횡단열차 1호가 도착호

6,400km를 달려 도착한 곳은
풀 한 포기 나지 않는 황무지였다.

시아

노   바이칼호   ← 하바롭스크
크
              치타
        르쿠츠크   블라고센스크
                                    ↑
      베르흐네우딘스크   블라디보스톡
          (울란우데)

    몽골   한국

    중국

마침내 살아남아 열차에서 내린 사람들
독하고 독한 사내들이었다
독하고 독한 아낙들이었다